I0782205

EL MUNDO DE BLUEBELL

EL MUNDO DE BLUEBELL

KINGSLEY L. DENNIS

con ilustraciones de Nathalie T. Retivoff

En memoria de

Ibolya Katalin Kapta

('Bluebell')

1972-2024

Y para todas las demás campanillas azules del mundo

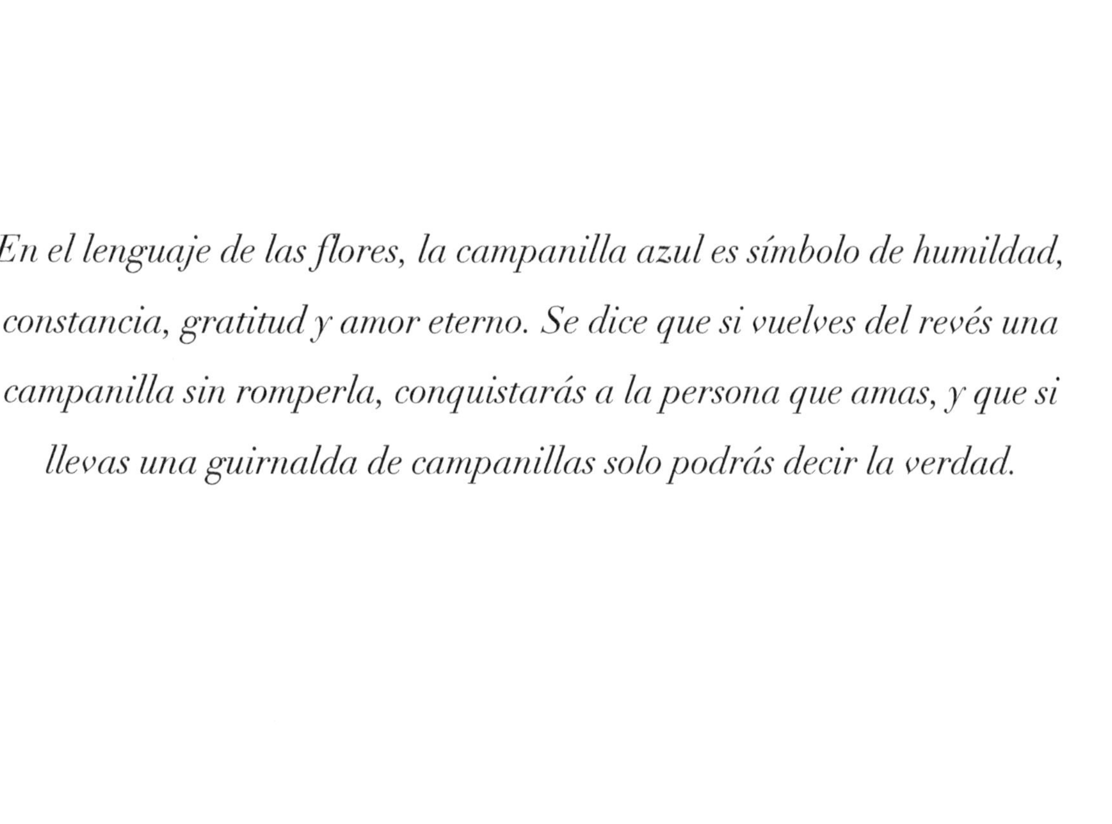

En el lenguaje de las flores, la campanilla azul es símbolo de humildad, constancia, gratitud y amor eterno. Se dice que si vuelves del revés una campanilla sin romperla, conquistarás a la persona que amas, y que si llevas una guirnalda de campanillas solo podrás decir la verdad.

A Bluebell le encantaba abrirse a un mundo nuevo cada día. Para ella, el tiempo y la duración no eran lineales, más bien fluían en ciclos, con el día y el sol, la noche y la luna. La lluvia, el sol y el viento siempre la visitaban en un momento u otro. Y en ocasiones llegaban al mismo tiempo, como cuando la lluvia y el viento decidían jugar juntos.

Bluebell siempre intentaba levantar la cabeza. Deseaba ver lo que podía sentir y contemplar el mundo. Todo le parecía como si perteneciese a la misma tierra, porque eso era todo lo que conocía. Estaba segura de que la propia tierra nutría todas las cosas del mundo. Un cosquilleo de curiosidad, asombro y emoción revoloteaba en sus suaves pétalos. También creyó haber tenido un sueño, aunque no estaba segura de si las campanillas podían soñar.

—¿Pueden soñar las campanillas?

Su familia se estremeció con la ligera brisa.

—Shhh —dijeron al unísono.

—No, en serio, ¿soñamos?

—Shhh...

Pero Bluebell sabía lo que había soñado. Recordaba que sus diminutos pies azules habían pisado la tierra.

—Quiero ver algo más de este mundo —gritó Bluebell. Las otras campanillas de su ramillete familiar se balancearon y asintieron. Pero no respondieron. De hecho, rara vez le contestaban. Veréis, la pequeña Bluebell gritaba a menudo, tratando de levantar hacia arriba su diminuta cabeza azul. Todas las demás campanillas seguían mirando al suelo: el suyo era un mundo conocido y aceptado; veían el mismo trozo de tierra todos los días, uno tras otro. Y se habían cansado de su hermanita Bluebell y de sus caprichosos gritos.

Al principio, se divertían y le seguían el juego. Pero luego se cansaron de sus aspiraciones.

—Eres una campanilla, como el resto de nosotras —decían—. Esto es lo que hacemos, deberías estar contenta con ello. Acepta que eres una campanilla y que nuestras cabezas miran al suelo.

—¡Pero yo quiero mirar hacia arriba para ver el sol! —gritó de vuelta.

—Pero *puedes* ver el sol, ves sus rayos en el suelo y sientes su calor —respondieron todas al unísono.

—¡Pero quiero ver de dónde vienen! —Bluebell estaba decidida a levantar la cabeza un poco más.

A Bluebell le encantaba ser una florecilla azul. Le deleitaba escuchar los sonidos del bosque, el zumbido de las alas de los insectos o el parloteo de los bichitos que se escabullían correteando sobre sus patitas. Y sobre todo le encantaba escuchar el canto de los pájaros, cuyas delicadas voces ondeaban entre los árboles como una armada de campanillas de viento. Pero recientemente había surgido en ella un sentimiento molesto, la sensación de que ser una florecilla azul no era todo lo que había que ser. Tenía que haber algo más en su existencia que mirar al suelo y observar la vida del bosque. ¿Por qué ninguna de las otras flores de su familia sentía lo mismo? ¿No podían darse cuenta?

Aunque seguía emocionándose al saludar la luz naciente de cada nuevo día, Bluebell empezó a ponerse un poco triste. Su pequeño corazón de campanilla comenzó a sentir los primeros indicios de insatisfacción.

Bluebell percibió una sensación de cosquilleo que rozaba sus pétalos.
No era la brisa. No eran las primeras gotas de llovizna.

Alguien había venido a visitarla.

Un zumbido resonaba por todo su cuerpo. Se estremeció de placer.
Sabía quién había llegado.

—Hola, Bernie —susurró Bluebell.

Bernie la abeja zumbaba y se contoneaba como siempre.

—Hola, Bluebell —dijo alegremente—. ¿Cómo estás hoy? —Bernie zumbó y revoloteó.

—Mmm... —respondió Bluebell removiéndose un poco—, pienso que estoy bien.

Bernie se meneó.

—Solo lo piensas, ¿no lo sabes? ¿De qué sirve pensar? No lleva a ningún sitio. Ni aquí, ni allá.

Bluebell suspiró.

—Sí, supongo que tienes razón.

Bernie se contoneó.

—¿Supones? De qué sirve suponer. No lleva a ningún sitio. Ni arriba ni abajo. ¿No lo sabes?

Bluebell lo hubiera deseado, pero no lo sabía. O al menos no creía saberlo. Pero, ¿de qué servía pensar? Pensar era sin duda una de esas cosas que siempre parecían meterte en problemas. «Mmm, quizá pienso demasiado», pensó Bluebell.

—¿Qué es eso? —preguntó Bernie tambaleándose en el aire mientras intentaba menearse—. ¿Estás temblando o sacudiéndote? ¿Qué te pasa hoy?

—Oh, perdona. Es que no acabo de sentirme a gusto. —Bluebell no sabía si suspirar o balancearse.

—¿Cómo se siente normalmente una campanilla? —preguntó Bernie. Bluebell pensó por un momento.

—Bueno, a las campanillas normalmente les gusta mecerse con la brisa y sentir los rayos del sol sobre sus pétalos.

—¿Algo más? —preguntó Bernie.

—Nos apetece escuchar. Bueno, normalmente a mí me gusta escuchar. Escucho el crujido de las ramas con la brisa, el aleteo de las alas de los pájaros y el zumbido de tus alas, Bernie. Tengo ganas de sentir el mundo, todo el mundo a mi alrededor.

Bernie zumbó mientras seguía revoloteando junto a ella.

—Eso está bien. ¿Qué más quieres sentir?

Bluebell sintió que un pequeño suspiro ascendía por su tallo.

—Oh, siento como si no sintiera lo suficiente. ¿Nunca sientes estas cosas, Bernie?

Bernie zumbó dando vueltas y luego hizo su célebre danza de meneo. Bluebell se rio. Siempre le encantaba verlo cuando la hacía moviendo el abdomen para dibujar un ocho.

—¡Oh, me encanta cuando haces eso, Bernie! Me fascina cómo habláis las abejas. ¡Ojalá pudiera hablar así con mis hermanas! —exclamó Bluebell.

—Shhh —llegó la respuesta de las otras campanillas.

Bluebell bajó su cabeza de pétalos hasta el suelo. ¿Por qué todas las demás campanillas no querían descubrir más?

—Oye —zumbó Bernie acercándose—, mira esto, ¡es mi carrera de meneo! —Bernie hizo un esprint en el aire y luego un giro brusco a la izquierda. Luego volvió, esprintó de nuevo e hizo un giro brusco a la derecha.

Bluebell agitó sus pétalos de alegría: ¡qué visión tan encantadora!

—Hablo así con todas mis hermanas —dijo Bernie, con evidente placer.

—Ah, qué bonito. ¿Y siempre estáis juntas hablando?

—Sí, todo el tiempo. Si no habláramos entre nosotras, no sabríamos dónde está cada una. Necesitamos localizarnos.

Bluebell se inclinó hacia delante, un poco alejada de las otras campanillas.

—Ojalá mis hermanas hablaran más conmigo —susurró.

—Bueno, no necesitáis encontraros. Siempre sabéis dónde estáis cada una. Siempre estáis juntas. Cada necesidad es diferente.

—Sí, supongo que sí. Pero ¿no es bonito estar siempre hablando con tus hermanas?

Bernie volvió a zumbar y dio una voltereta hacia atrás.

—La mayoría de las veces, pero no siempre. La cuestión es que para nosotras no existe el no hablar. Colectivamente, siempre estamos en comunicación. Las abejas nunca están solas. Siempre estamos hablando juntas.

—¡Oh, eso debe ser divertido!

Bernie zumbó y se meneó un poco más.

—Sí, hasta que una de nosotras empieza a hablar más alto y más a menudo que las demás. ¡Las abejas pueden ser unas charlatanas!

—Bluebell se rio y balanceó su cabeza de pétalos mecida por la brisa.

—Cuéntame de qué habláis, Bernie. Tú y tus hermanas.

—Oh, no creo que te importe nada de eso. No es interesante para una campanilla.

—No, no, de verdad, cuéntamelo. Me gustaría mucho saberlo. Me encanta escucharte hablar.

Bernie dio una voltereta más hacia atrás de puro placer. Estaba feliz de que Bluebell estuviera interesada en escucharlo. Todas las demás abejas hablaban tanto que apenas había tiempo para escuchar. Por eso

Bernie adoraba visitar a las flores. Todas eran tan acogedoras y amables.

Bernie se acercó un poco más.

—¿Te importa si aterrizo en uno de tus pétalos? Prometo no ser pesado.

—Claro, Bernie. Las diminutas patas de las abejas siempre son bienvenidas en nuestros pétalos.

Bernie aterrizó suavemente sobre un pétalo y sacudió su abdomen. Venía bien descansar un poco. Después de un tiempo, todo eso de volar, zumbar y bailar podía resultar agotador. Luego, con una pequeña tos, se aclaró la garganta.

—Ejem. Bueno, a las abejas nos gusta hablar de la dulzura. Eso es precisamente lo que le da sustancia a la vida; todo lo que hacemos tiene que ver con unir cosas para crear lo esencial.

—¿Lo esencial? —Bluebell estaba intrigada y escuchaba con más atención.

—Sí, lo esencial es la dulzura. Pero es dulzura concentrada. Todo es cuestión de condensación. Verás, tienes que concentrarla para que sea digerible. De lo contrario, es solo una dulzura ligera y esponjosa, y eso no nos conviene.

—Oh, por favor, continúa, Bernie. —Bluebell agachó su cabeza de pétalos para asegurarse de que podía escuchar cada palabra de la abeja.

—Bueno, las cosas de este mundo son transformables. Así pensamos las abejas.

—¿Quieres decir que las cosas se transforman en otras cosas? —preguntó Bluebell intrigada.

—Sí, exactamente así, cuando se juntan de la manera adecuada. Si se unen unas cuantas cosas correctamente, se convierten en otra cosa. Y eso es lo que hacen las abejas. Y de eso hablan: de conseguir la dulzura adecuada. Sin ella no hay vida para nosotras. Eso es lo esencial. Es importante mantenerse centrada en lo esencial.

—¿Y esta dulzura esencial es esa cosa amarilla que hacéis?

—Sí, eso es. Nosotras lo llamamos miel.

—¿Y por qué es tan esencial esa miel?

—La miel nos da todo lo que necesitamos como familia. Y no es solo una cosa.

Las alas de Bernie zumbaron de emoción con solo pensar en el tema de la miel.

—Producimos muchas cosas, todas buenas. Hacemos cera que usamos para construir nuestras casas. También una jalea especial con la que alimentamos a nuestras crías. Pero la dulce miel es el elemento esencial del que estamos orgullosas. Y lo importante es que no es solo para nosotras, otros muchos también usan nuestra miel. Así que lo que hacemos no es únicamente para nosotras, también producimos para los demás, i¿no es genial?!

Bernie revoloteó y se balanceó de un lado para otro. Los pétalos de Bluebell vibraban con el zumbido y sentía como si su cuerpo azul y delicado zumbara junto con Bernie. Era una sensación maravillosa.

—¡Ah, Bernie, parece que ahora nos comunicamos entre nosotros! —Eso les hizo sentirse felices.

—¿Podemos seguir hablando? —preguntó Bluebell—. Me gustaría que me contaras muchas más cosas.

—Claro que podemos, pero ahora tengo que irme. Oigo el zumbido de mi familia, me llaman para que vaya con ellas.

—Me encantaría ir contigo, Bernie, ¿puedo? —preguntó Bluebell—. Me gustaría que me contaras tantas cosas más.

Bernie zumbaba de risa.

—Pero tú eres una flor. No puedes abandonar a tu familia de tallos. Tus raíces están firmemente ancladas en la tierra. No puedes moverte ni volar como yo. —Al decir esto, hizo un zumbido en bucle. Los rayos del sol brillaron sobre su vientre peludo. Bluebell sintió alegría al ver a su amigo, aunque mezclada con un poco de tristeza.

—Me gustaría ver más mundo, igual que tú.

—Sí —replicó Bernie—, puedo ver todos los campos, las otras flores e incluso la escuela.

—¿La escuela? ¿Qué es una escuela?

—Bueno, ahí es donde los niños humanos van a estar juntos. También juegan juntos en el patio de atrás.

—¡Los niños humanos! Ah, ¿son como yo?

Bernie se quedó pensativa.

—Bueno, se mecen y se inclinan con el viento como tú. A veces también se ríen como tú. También saltan y brincan. ¿Sabes saltar y brincar?

—No lo sé, no lo he intentado.

—Bueno, si no lo has intentado, ¿cómo vas a saberlo?

La carita azul de Bluebell se iluminó de alegría. Tenía una idea.

—Voy a visitar esa escuela —dijo—. Quiero ver a esos niños humanos, aprender de ellos y escucharlos.

Bernie respondió asombrada.

—¿Estás segura? —dijo—, preocupada de repente por si había dicho demasiado.

—Sí, sé que lo he sentido durante toda mi vida de campanilla. He tenido ese impulso dentro de mí, sin saber nunca lo que era. Ahora lo sé. Tengo que explorar más el mundo.

—¿Pero no deberías quedarte en casa con tus hermanitas azules?

Bluebell giró su cabecita de pétalos azules y miró hacia sus hermanas. Como de costumbre, agachaban la cabeza.

—Mis hermanas están bien —dijo Bluebell—, pero no les interesa hacer nada más. Solo quieren quedarse como están.

—¿Y tú? —preguntó Bernie, con curiosidad—. ¿Qué quieres?

Bluebell hizo una pausa. Se quedó pensativa un rato. Luego dijo:

—Quiero ser yo.

Bernie hizo otra danza de meneo. Luego volvió a revolotear frente a ella.

—Pero, ¿cómo sabes que ahora no eres tú? —preguntó.

Bluebell no contestó. Pero lo sabía, simplemente lo sabía.

—Vale, ahora tengo que irme. Mis hermanas abejas están zumbando por mí. Hay trabajo que hacer. No puedo estar dando vueltas todo el día, si no, no se haría nada y no se elaboraría miel. Debo prestar atención a lo esencial.

Bernie hizo un dulce y pequeño meneo delante de Bluebell, luego se elevó hacia el cielo y se marchó zumbando.

—¡Adiós, adiós! —exclamó Bluebell mientras Bernie se alejaba volando.

Bluebell se quedó sola otra vez.

Bueno, en realidad no estaba sola. Tenía a sus hermanas a su lado. Y había otras flores y árboles cerca. A veces también podía oírlos, meciéndose y susurrando con la brisa. Todo hablaba, si sabías escuchar.

Bluebell siempre estaba escuchando, aunque sus hermanas no querían oírla demasiado. Esto la entristecía un poco. Tal vez, pensó, había crecido en el tallo equivocado. Seguro que había otros por ahí que la entenderían. ¿Quizás los niños humanos de la escuela la escucharían y hablarían con ella?

En ese momento, Bluebell sintió cómo un gran sueño azul se desarrollaba dentro de ella y comenzaba a irrumpir en su interior, haciendo que sus pétalos se balancearan y se volvieran aún más azules. Cerró los ojos. Deseaba tanto vivir su sueño.

«Cuando naces con algo dentro», pensó, «algún día tiene que salir. Nada puede impedirlo. Si lo deseas de verdad, el sueño te encontrará».

Bluebell se sentía un poco rara. Sin embargo, también estaba henchida de una montaña de esperanza.

La luna azul crecía y menguaba. Reflejaba su resplandor plateado sobre la superficie del planeta. Imprimía un delicado toque a la tierra y daba cobijo a los seres vivos de la superficie. La madre Luna era una protectora cuidadosa. Amaba todo lo que existía sobre la Tierra. También escuchaba todo lo que se susurraba y hablaba. Sabía lo que había en el corazón de cada ser vivo. La madre Luna era la receptora de todos los deseos y sueños; si sueñas lo suficiente, ella escuchará tu llamada silenciosa. Hay un lenguaje especial que reside en los corazones de todos los seres vivos. Los sueños especiales proceden de ese lenguaje del corazón.

Bluebell soñó profundamente esa noche. Su pequeño corazón azul vibraba mientras emitía su deseo silencioso. Sin embargo, desconocía que esa noche era luna azul, ya que era la segunda luna llena del mes.

¿Sabías que las lunas azules tienen un poder especial?

El deseo de Bluebell viajó por el hilo de plata que conecta todos los corazones con la Madre Luna. Y cuando esta lo oyó, escuchó. Y cuando escuchó, sonrió. La madre Luna podía sentir que uno de sus pequeños estaba despertando.

Bluebell abrió un ojo. Algo parecía diferente. Su único ojo abierto echó un rápido vistazo a su alrededor. Luego abrió el segundo ojo. Ahora tenía los dos bien abiertos y veía más claro, aunque seguía confusa.

¿Estaba boca abajo? ¿O boca arriba? ¿En qué dirección estaba? Se levantó lentamente. No fue hasta que se puso de pie que se dio cuenta de dos cosas. En primer lugar, que pisaba tierra firme. Y segundo, ¡que tenía pies! La pequeña Bluebell era ahora una niña azul.

Meneó las manos. Sí, tenía manos. Sacudió la cabeza. Sí, tenía cabeza. Luego estiró una mano por encima de la cabeza y sintió que estaba cubierta por sus pétalos. Y en lo más alto, encima de su cabeza de pétalos había una parte de su tallo. Se balanceaba cuando sacudía la cabeza. «Ese es mi tallo, el que me conecta a casa», pensó. Y eso le hizo sentirse llena de cosquillas y felicidad en su interior.

—Guau, realmente soy una chica azul. Ahora puedo explorar el mundo.

Bluebell miró a su alrededor. El mundo parecía mucho más grande y mucho más intrigante. Tal como había pensado, había más que ver, más que saber. Se volvió y miró a sus hermanas, que seguían con la cabeza gacha.

—Queridas hermanas, en la vida hay que levantar la cabeza de vez en cuando —susurró—. Volveré algún día. No os preocupéis por mí y no estéis tristes.

No respondieron.

Entonces Bluebell se dio la vuelta y se alejó saltando.

El suelo del bosque estaba repleto de campanillas azules, pero todas tenían la cabeza gacha. No la reconocieron ni se dieron cuenta de que era ella cuando pasó a su lado. Se preguntó si sería la única campanilla que había soñado lo suficiente como para que este mundo cobrara vida. Todo un bosque lleno de campanillas y sin embargo... ella era la única. ¿Sería posible?

El sol del amanecer comenzaba a salir por el extremo más alejado de la tierra. Bluebell se detuvo y observó con deleite cómo los primeros rayos caían sobre su carita azul. Era mágico. Pensó que se sentía como si volviera a nacer, tocada por una cálida gracia. Se le estaba obsequiando con un nuevo regalo en su vida. Estaba en sus manos aceptarlo, si así lo deseaba.

Bluebell tomó una decisión y empezó a caminar. Sintió que una nueva brisa soplaba a su espalda. Pronto salió del claro del bosque y siguió un seto de arbustos, sin saber adónde la llevaría. Poco podía hacer, aparte de escuchar. El mundo que la rodeaba era completamente nuevo para ella; era un paisaje diferente ahora que caminaba por tierra. No tenía ni idea de en qué dirección ir. No había nadie que la guiara y sus hermanas ya no estaban a su lado. Todo lo que tenía era a sí misma y necesitaba confiar en ello.

Se detuvo y cerró los ojos. Sintió un ligero cosquilleo en su interior. «Esa soy yo», pensó. «Parece como si sintiera mi propio cosquilleo. Si lo escucho, no puedo equivocarme. Si me mantengo fiel a mi pequeño cosquilleo interior, puedo encontrar mi camino». Bluebell no sabía que este cosquilleo era la vibración de su pequeño y aun así fuerte corazón azul.

Entonces sintió otro cosquilleo, esta vez en la parte superior de su cabeza de pétalos azules. «Ah, es mi pequeño tallo superior», se dijo a sí misma. Sonrió, sabiendo que su pequeño tallo siempre estaría conectado al alma de la familia de su florido hogar. Entonces sintió otro cosquilleo, esta vez en la parte superior de su cabeza de pétalos azules. «Yo también puedo encontrar siempre el camino de vuelta a casa», pensó.

Con estos pensamientos en mente, continuó felizmente su camino. Al final del seto había una pequeña valla. Bluebell se deslizó fácilmente a través de ella y se encontró al lado de un estrecho camino rural. Ya sabía de soles y lunas, y de árboles y brisas. Incluso sabía de abejas. Pero una de las cosas que no sabía era de carreteras.

«Vaya, vaya», pensó. «No hay hierba en este lugar. Me pregunto por qué será. ¿Quizás lo estén preparando para plantarla más adelante?». Dio un paso adelante y pisó el hormigón. Parecía duro y sólido. Dio otro paso y luego otro más. Todo parecía estar bien, así que comenzó a caminar por el camino rural. Intentó escuchar a los árboles mientras andaba. Y también a los pájaros. Mientras escuchaba, comenzó a percibir un murmullo sordo bajo sus pies, que empezó suavemente y fue aumentando. El sonido se convirtió en un ruido más fuerte que se fue volviendo más y más intenso; era muy desagradable y perturbador.

Bluebell se detuvo e inclinó la cabeza, tratando de averiguar de dónde podría provenir aquel horrible ruido.

—¡Oye, eh, tú!

Bluebell se dio la vuelta al oír un grito. Vio un animal peludo y suave al lado de la carretera, sonrió y saludó con la mano.

—¡Apártate del camino, se acerca una máquina grande! —gritó el animal peludo.

—¿Qué es una máquina? —respondió Bluebell.

—Eso no importa. Apártate del camino. ¡Ya!

El pequeño animal peludo agitaba frenéticamente las patas para que Bluebell se acercara.

Bluebell no entendía a qué venía tanto alboroto. Tampoco sabía qué era una máquina. Sin embargo, el ruido se estaba volviendo demasiado fuerte y chirriante. Caminó hacia el lado de la carretera donde el animal de color gris agitaba las patas con ansiedad. Y menos mal que lo hizo, porque justo en ese momento un enorme monstruo metálico pasó rugiendo junto a ella. El viento ocasionado por su paso la derribó. Apenas logró ver la parte trasera del coche, que se alejaba a toda velocidad.

—¿Qué ha sido eso? —dijo ella, mientras se sacudía.

—Ha sido la máquina, ¡podría haberte matado! ¿Estás bien?

—Sí, estoy bien, gracias. Un poco conmocionada, eso es todo. Gracias por avisarme.

—De nada, cosita azul. ¿Qué y quién eres?

—Me llamo Bluebell y soy una campanilla. ¿Quién y qué eres tú?

El esponjoso animalito se rio y se tapó la boca con sus mullidas patas.

—Soy una coneja, tontita. Y me llamo Roxy.

—Nunca he oído hablar de una coneja tontita —respondió Bluebell.

Roxy volvió a reírse.

—Nooo, solo soy una coneja. Una coneja. ¿Nunca has oído hablar de un conejo?

—¿Una coneja una coneja? No, nunca había oído hablar de ti.

Roxy se dio la vuelta y se echó a reír.

—Solo soy una coneja, no dos. Soy Roxy la coneja. Eso es todo.

—Ah —Bluebell soltó una risita—. Bueno, gracias de nuevo, Roxy la coneja. Eres muy amable.

—De nada. Nosotras, criaturas de la tierra, tenemos que permanecer unidas contra la máquina.

—Sí, era una cosa muy ruidosa y peligrosa. ¿Qué tipo de criatura es?

Roxy caviló un momento mientras se rascaba la mullida mejilla con una pata.

—Bueno, es un nuevo tipo de especie. Llegaron de repente y ahora están por todas partes. Creo que son la especie dominante por aquí. Incluso controlan a los humanos.

—¿De veras? ¿Cómo lo hacen?

—No estoy segura, pero los humanos les sirven. Las máquinas los colocan dentro y tienen que trabajar para ellas.

—Oh, qué horror.

—Sí. En cualquier caso, ¿te gustaría ver mi casa?

—Claro —respondió Bluebell emocionada.

—Genial, ¡vamos allá!

Roxy se abrió camino a través de un hueco en el seto y cruzó un campo. Bluebell estaba encantada con sus nuevas aventuras. Parecía que había tantas cosas nuevas que aprender. Incluso sentía un pequeño zumbido en su interior. Se rio para sus adentros, porque le recordaba a su amiga, Bernie la abeja. ¿Y qué le había dicho? Ah, sí, que es importante centrarse en lo esencial.

Pronto llegaron a una pequeña colina en una esquina del campo. Roxy saltó y le hizo señas a Bluebell para que la siguiera.

—¿Te gustaría conocer a mis hermanas?

—¡Sí, por favor! ¿Cuántas hermanas tienes? ¿Dos o tres?

Roxy sonrió y golpeó sus patas de coneja con deleite.

—No, tengo más de sesenta hermanas. De todos modos, en el último recuento creo que éramos más de sesenta.

—Vaya, son muchas. ¿Son todas como tú?

Roxy soltó su contagiosa carcajada de conejo.

—Bueno, todas somos conejas, eso seguro. También nos parecemos todas. Pero no, no somos todas iguales. ¿Qué sentido tendría eso?

—¿Y qué os hace a todas tan diferentes?

Roxy se revolcó por el suelo y no podía parar de reír. Cuando dejó de hacerlo, se secó las lágrimas de sus suaves mejillas.

—Eres tan graciosa, Bluebell. Me haces reír tanto. Esa es una de las cosas que me diferencia de mis hermanas: me río mucho. Las otras hermanas son más serias, algunas son malhumoradas, otras están locas y unas son esto y otras son aquello. ¿Sabes qué pasa? Solo porque todas nos parezcamos, no significa que seamos iguales. Por dentro somos todas muy diferentes.

Roxy silbó y golpeó el suelo con los pies varias veces. No pasó mucho tiempo antes de que unas cuantas cabezas peludas asomaran por los agujeros de la colina y unas narices se movieran olfateando el aire.

—Venid a conocer a mi nueva amiga, Bluebell, —gritó Roxy.

Una a una, sus hermanas salieron de sus madrigueras y vinieron a reunirse con ellas. Roxy presentó a sus hermanas.

Eran Rixy, Trixy, Toxy, Nixy, Noxy, Poxy, Pixy, Dixy, Doxy, Bixy, Boxy, Joxy, Jixy, Mixy, Moxy, Soxy, Sixy, Vixy, Voxy, Yixy, Yoxy y Ethel.

—¿Ethel? —preguntó Bluebell al nombrar a la última de las hermanas.

—Sí, ¿por qué? —replico Roxy.

—Bueno, ¿no es un nombre un tanto extraño para una coneja?

Roxy se quedó en blanco. Luego se cayó de espaldas, muerta de risa. Rodó por el suelo y todas sus hermanas conejas se unieron a ella. Era todo un espectáculo ver una ladera llena de conejas revolcándose de risa.

La risa era contagiosa, como suele ser la risa. Y pronto Bluebell estaba riéndose con ellas. Si algún transeúnte hubiera pasado por allí, podría haber pensado que acababa de entrar accidentalmente en un festival de carcajadas.

Cuando hubieron terminado de reír, Roxy se volvió hacia Bluebell.

—Hace un rato ni siquiera sabías lo que era un conejo. Y ahora de repente eres una experta en nombres de conejas.

Las mejillas de Bluebell se azularon de un azul azuloso.

—Y —continuó Roxy con una risita—, ¿qué clase de nombre es Bluebell? ¿Qué significa?

Bluebell le devolvió la sonrisa con orgullo.

—Significa que soy yo —

Ambas amigas se rieron a la vez.

Pixy, una de las hermanas de Roxy, se acercó y señaló la cabeza de Bluebell.

—¿Por qué tienes esa cosita ondulante en la cabeza? —preguntó.

Bluebell sabía que se refería a su pequeño tallo.

—Ah, es mi antena —respondió sonriendo.

—¿Y qué hace?

—Me conecta con mi hogar. No importa dónde ande o lo lejos que esté, siempre estoy conectada a casa.

—¿Quieres decir que te conecta con tu familia?

Bluebell se quedó pensativa.

—Bueno, no necesariamente con mi familia, sino con mi hogar. No son siempre lo mismo. Mientras una esté conectada a su hogar, podrá ir a donde quiera y nunca estar sola. —Esto, en cualquier caso, era lo que Bluebell había decidido para sí misma.

—Vaya, eso es genial —respondió Pixy—. Ojalá los conejos también tuviéramos antenas.

—No seas tonta —rio Roxy—. Si los conejos tuviéramos antenas, no seríamos conejos, ¿verdad? Somos lo que somos.

—¿Qué seríamos entonces? —preguntó Pixy con curiosidad.

—Supongo que seríamos pixalots.

—¿Qué es un pixalot?

—¡Un conejo con antena! —Roxy estalló en carcajadas, a las que se sumaron sus hermanas. Las conejas eran muy divertidas.

Bluebell pasó un día de lo más agradable en compañía de Roxy y su familia. ¿Quién iba a decir que los conejos tenían tanto sentido del humor? También rebosaban energía. Roxy y su familia aceptaron a Bluebell como si nada, aunque sentían curiosidad por ella y querían saber de qué parte del barrio procedía.

Bluebell les dijo que venía del lugar donde florecen las campanillas.

—¿Y cómo es? —preguntó Roxy. Jixy, Mixy, Moxy y Ethel escuchaban con entusiasmo.

—Es precioso —respondió Bluebell—. Aunque no pasa gran cosa. La mayor parte del tiempo vivimos con la cabeza agachada. El sol nos da en la cabeza, pero no en la cara.

Todas las conejas respondieron al unísono con un «¡Ahhh...!».

—¿Quieres decir que no llegáis a ver cómo rebota la gran pelota amarilla?

—¿Qué significa eso? —Bluebell no lo entendía.

—¡Así es como disfrutamos nosotros de la vida, tonta! —se rio Roxy. Mixy y Moxy también se echaron a reír.

—Por la mañana —continuó Roxy, deseosa de contar su historia— la gran pelota amarilla rebota. Rebota porque el día anterior había caído. Y, como sabe cualquier conejo, cuando una pelota cae, debe botar de nuevo. Y por suerte para nosotros, rebota por la mañana y nos rocía a todos con su maravillosa luz. Es entonces cuando todos los conejos salimos a jugar. Nos divertimos mucho cuando la pelota amarilla está arriba. Pero, como sabe cualquier conejo, lo que ha rebotado también debe caer. Y cuando la pelota amarilla ha caído de nuevo, nos vamos a dormir, porque entonces está oscuro. Y, además, estamos cansados de tanta diversión durante todo el día. Esa gran pelota amarilla que rebota arriba y abajo todos los días es la que nos da luz. Y así es como los conejos saben cuándo despertarse y cuándo irse a dormir. Nos levantamos y nos acostamos al ritmo de la pelota que rebota.

Roxy saltó en el aire, cayó y volvió a saltar, como si imitara a la gran bola amarilla. Todas sus hermanas la siguieron. Pronto la ladera se llenó de saltarinas y mullidas conejas. Bluebell intentó saltar también, pero no pudo llegar muy alto. Decidió que sus patas no estaban hechas para brincar. Prefirió observar cómo saltaban. Todo parecía muy desordenado.

—Vosotros, los conejos, sois divertidos, pero muy caóticos —comentó Bluebell después de que Roxy y sus hermanas hubieran dejado de saltar.

—Oh, no —respondió Roxy—. No lo somos, solo lo parece desde fuera. De hecho, los conejos somos muy ordenados. Tenemos que serlo, de lo contrario, las criaturas más grandes, ¡o las máquinas enormes!, podrían atraparnos y matarnos.

—No lo sabía. Cuéntame más.

—Bueno —comenzó Roxy—, es así. A los conejos nos gusta ser enérgicos. Y saltamos mucho. Sin embargo, también tenemos familias numerosas que crecen muy rápido. Nuestras madrigueras están muy organizadas por dentro. Se podría decir que somos caóticos por fuera, pero ordenados por dentro. Sí, eso suena bastante bien.

Dicho esto, Roxy saltó y luego dio una voltereta, aterrizando de espaldas en la hierba. Se rio.

Entonces Soxy, Vixy y Yoxy intentaron hacer lo mismo. Ethel las observaba, riéndose.

Roxy dio un salto y se acercó a Bluebell, sacudiendo la cabeza. Bluebell encontraba todo muy divertido.

—Orden y caos. Caos y orden. Van juntos. Los conejos lo sabemos muy bien. Probablemente no pase lo mismo con las campanillas.

—No —respondió Bluebell—. Nuestras vidas son muy ordenadas.

—Eso pensaba —dijo Roxy con una sonrisa amistosa—. Bueno, para nosotros van juntos. No puede haber orden sin caos. Como no puede haber luz sin oscuridad, de lo contrario, ¿cómo sabrías cuál es cuál? —Roxy se rio a carcajadas de su propia broma. Luego se alejó saltando para volver a jugar con sus hermanas. Bluebell las observaba sonriendo.

Más tarde ese día, cuando todas hubieron terminado de comer juntas, Roxy y Bluebell se sentaron solas en la ladera. La gran pelota amarilla comenzaba a rebotar de nuevo. Ambas se habían divertido mucho.

—¿Vas a irte a casa ahora? —preguntó Roxy.

Bluebell estaba mascando una pequeña brizna de hierba.

—No, todavía no. Aún tengo que seguir adelante.

—Pero, ¿no deberías volver a casa?

—Voy a casa —respondió Bluebell—, solo que para ir a casa tengo que avanzar, no retroceder.

—¿Y por qué?

—Porque necesito ser más yo misma, ¿no lo entiendes?

Roxy hizo un mohín de conejo.

—La verdad es que no. Entonces, ¿qué es lo que quieres?

—Quiero ser yo.

—¿No lo eres ya?

—Solo soy una parte de mí. El resto está a la espera de llegar.

—Eso suena gracioso —respondió Roxy mientras se tumbaba de espaldas—. Los conejos son felices siendo conejos. Somos lo que somos.

—Sí, lo entiendo —dijo Bluebell—, pero yo soy Bluebell, y necesito *ser*.

—Vale. Te deseo lo mejor. Espero que encuentres el resto de ti.

—Gracias, Roxy. Eres genial. Me gustan los conejos.

—A mí me gustan las campanillas.

—Campanilla —corrigió Bluebell—. Solo soy yo, por ahora.

Pero Roxy ya se estaba adormilando.

Bluebell encontró refugio en cuanto salió la luna. Se tumbó y se quedó mirando la luna plateada.

—Gracias —susurró—. Sé que eres tú quien me está ayudando.

Le pareció ver que la luna le guiñaba un ojo. Claro que, de nuevo, tenía sueño.

La gran bola amarilla había vuelto a rebotar.

Chispitas de luz solar caían sobre la somnolienta cabeza de Bluebell. Abrió los ojos al despuntar un nuevo amanecer. El aire olía fresco y limpio. Levantó la vista hacia el sol; era una delicia verlo directamente y no solo por medio de sus rayos. Se alegraba de poder ver por sí misma la fuente de la luz, que la saludaba cada nuevo día.

«Es importante», se dijo a sí misma, «saber de dónde vienen las cosas. De lo contrario, viviríamos sumidas en la sombra». Bluebell no era alguien que quisiera vivir su pequeña vida azul entre las sombras. Deseaba saber más, *sentir más*.

Salió de su refugio y pisó la hierba matinal. Era una sensación maravillosa. Estaba contenta de poder tocar la tierra, podía sentir su zumbido en los deditos. Oh, sí, también era estupendo tener dedos en los pies.

Bluebell decidió caminar en la dirección que Roxy le había indicado ayer. Su amiga coneja no estaba segura de dónde estaba la escuela, pero había dicho que muchas máquinas grandes iban en esa dirección todas las mañanas transportando humanos. Eso fue más que suficiente para Bluebell. «Al final», pensó, «siempre se llega a donde se va. Así que lo mejor es ponerse en marcha».

Aunque todo a su alrededor parecía grande y, en comparación, ella era pequeña, eso no le preocupaba. Al fin y al cabo, el tamaño siempre es relativo, ¿no? El cielo solo es grande porque hay mucho. Si Bluebell era pequeñita, es porque no había muchas como ella. De hecho, solo había una. Por lo tanto, tenía que ser menuda, porque no había montones como ella. Era sencillo, si lo pensabas un poco.

Bluebell siguió caminando alegremente por el sendero cubierto de hierba. Estaba pensando en cómo era ser ella cuando algo llamó su atención. Vio el suelo moverse no muy lejos de donde estaba. Volvió a mirar. Sí, estaba segura de que algo se movía. Parecía algo abultado. Se acercó lentamente para verlo más de cerca.

Lo que se había estado moviendo se detuvo. Bluebell se acercó más. ¿Era un bulto marrón? ¿Era solo un trozo de tierra? Se acercó aún más y entonces... ¡PING! Al bulto le brotaron púas. ¡Ay!

—¿Estás intentando hacerme daño, pequeño bulto? —preguntó Bluebell entrecerrando los ojos—. Estaba preparada para cualquier sorpresa. «¿Qué hay ahí?», se preguntó, «¿era un bulto estelar dañado, caído de los cielos nocturnos?».

—¿Cómo puedo hacer daño a lo que no existe? —dijo una voz suave.

Bluebell se rascó la barbilla azul celeste.

—Si no existo, ¿por qué te escondes de mí? ¿Tienes la costumbre de ocultarte de las cosas que no existen? ¿También te escondes de los mestizos-manglares-mendigos?

Hubo una pausa.

—¿Qué es un mestizo-manglar-mendigo? Nunca he oído hablar de él.

—Eso es porque no existe. Me lo inventé. —Bluebell se cruzó de brazos.

—¿Intentas engañarme con palabras?

—¿Intentas tú hacerme daño? —respondió Bluebell.

Las púas bajaron y el bulto marrón se desenroscó.

—Ah, esto está mejor. Lo siento, no puedo evitarlo. Tengo defensas incorporadas. Deberías tener cuidado al acercarte a un erizo Dao.

Bluebell no sabía nada sobre cómo acercarse o no a un erizo Dao. Sin embargo, decidió empezar por lo básico.

—¿Qué es un erizo Dao?

La pequeña criatura carraspeó.

—Técnicamente hablando, es un erizo que sigue el Dao.

—¿Y no hablando técnicamente?

Hubo una breve pausa.

—Supongo que es lo mismo.

—Vaya, eso no me parece muy claro —respondió Bluebell—. Vale, empecemos por el principio: ¿qué es un erizo?

La voz emitió un sonido áspero similar a un gruñido, aunque Bluebell no sabía lo que era, ya que hasta entonces nunca había oído gruñir a nadie.

Una manita pálida, arrugada y carnosa surgió del bulto marrón y saludó.

—Yo soy un erizo. —Entonces una larga nariz con pequeños ojos como cuentas apareció en el extremo.

—Y yo soy una campanilla —dijo Bluebell.

La larga nariz se movió.

—¿Tiene nombre la campanilla?

—Sí, se llama Bluebell.

—Tiene sentido. El camino más claro suele ser el más corto.

—¿Y el erizo Dao tiene nombre? —preguntó Bluebell.

—Horace.

—Hola, Horace. Dime, ¿qué hacen los erizos?

—¿Qué hacemos nosotros?

Horace se mostró sorprendido. Sus ojitos redondos miraron a Bluebell.

—Bueno, pequeña Bluebell, los erizos generalmente hacen cosas de erizos, ¿no lo sabías?

Bluebell sacudió la cabeza.

—Sin embargo, en mi caso, es un poco diferente, lo admito. Lo mío no es erizar. No me dedico a «hacer». Me dedico a *serestar*.

—¿Serestar? —replicó Bluebell, un poco confusa.

—Sí. Todo *es*. El mundo *es* y Horace también. Eso es el Dao. Eso es el Camino.

Bluebell ladeó la cabeza y se quedó pensativa.

—¿Es serestar similar al *ser*? Porque yo sólo quiero *ser*.

Horace asintió lentamente con la cabeza. Bueno, hacía la mayoría de las cosas despacio, así que lo de asentir con la cabeza no era una excepción. De hecho, lo único que hacía un poco más rápido era correr. No mucha gente sabe que los erizos son buenos corredores, cuando quieren serlo. O en el caso de Horace, cuando lo desea *ser*.

Horace trotó lentamente hacia donde Bluebell seguía de pie, quien, instintivamente, dio un paso atrás, al no saber si las púas iban a salir de nuevo. Horace agitó su pequeña mano arrugada.

—Oh, no te preocupes, Bluebell. No hay púas de Horace. Horace siente curiosidad, ya no se defiende.

Horace se acercó a Bluebell y olfateó su manita azul.

—Mmm, hueles diferente. ¿Cómo llamarías a ese olor?

—Olor a Bluebell.

Horace asintió.

—Sí. A Horace le gusta esa definición. Es muy *ser*…, ¿sabes a qué me refiero?

Bluebell se encogió de hombros.

—Solo intento ser yo… *Ser yo* —repitió Bluebell con énfasis—. ¿Sabes a qué me refiero?

La nariz respingona de Horace se movió como si estuviera contento y luego sonrió.

—Eres del Dao. Sígueme.

Horace se dio la vuelta y se alejó trotando.

Pronto llegaron a un pequeño arroyo. Bueno, digo pequeño, sin embargo, para las campanillas y los erizos probablemente era bastante grande. Bueno, a decir verdad, era más bien un regato, que es un tipo de pequeño riachuelo y no un curso de agua que desemboca en un río. Pero no nos perdamos en definiciones. Horace no era el tipo de erizo que dedicaba mucho tiempo o pensamiento a las definiciones.

Horace tomó asiento en la ladera cubierta de hierba que daba al arroyo. Le indicó a Bluebell que hiciera lo mismo. Pronto, los dos estaban sentados allí, entre las flores de ajo de oso y las margaritas que florecían al comienzo de la primavera. En el aire resonaba el canto de los pájaros y se sentía el ligero aleteo de una fluida brisa.

—¿Qué estamos haciendo aquí? —preguntó Bluebell.

—Estamos siendo pacientes y observando —respondió Horacio.

Bluebell asintió con su cabecita de pétalos azules. Le parecía bien. Pero, ¿qué se suponía que estaban observando?

Los ojitos de Horace parpadearon cuando ella hizo la pregunta.

—Solo estamos observando —respondió tras una pausa—. ¿Tenemos que observar algo? ¿Por qué tanta prisa? ¿Qué necesidad hay de tener un objetivo? Tú quieres *ser*, ¿no?

Bluebell asintió, en señal de aprecio.

—Bien. —Horace continuó—. Sé paciente y observa, deja que llegue el *serestar*.

—¿Cómo sabré si ha llegado? —preguntó Bluebell.

Horace permaneció inmóvil.

—Ya estás apegado a ello —dijo tras una pausa—. Cuando te apegas a algo, lo conviertes en algo que no es. Entonces el *serestar* no llegará, porque no es. Tienes que dejarlo estar, permitirlo. Permiso, no apego.

Observa, reconoce y registra, pero no te apegues. —Horace volvió a quedarse quieto y en silencio.

Bluebell y Horace permanecieron sentados, observando cómo fluía el agua del arroyo, cayendo sobre las rocas, bañando la maleza y serpenteando por su cauce acuoso.

A medida que el agua se alejaba, también lo hacía el tiempo. Verás, solo hay tiempo cuando ponemos nuestra atención en él. El tiempo es algo que medimos; si lo dejamos solo, es algo muy diferente. No tiene límites ni confines. No tiene horas, minutos ni manecillas de reloj. El tiempo solo existe porque existe todo lo demás. La naturaleza se despliega en primavera, las flores y los árboles florecen, y las aguas siguen fluyendo encontrando su camino. Todo esto sucede porque sucede. Cuando observamos estas cosas, lo llamamos tiempo. Sin embargo, el tiempo no es lo primero.

Bluebell disfrutaba observando cómo la luz se reflejaba en el agua al pasar junto a ellos. Echó un vistazo a su lado y vio que Horace permanecía sentado con los ojos cerrados. Bluebell decidió hacer lo mismo.

Ahora los oídos de su cabeza de pétalos azules estaban más vivos y alerta. Podía oír sonidos a los que antes no había prestado atención. En primavera, todo habla. Todo se comunica. Esto le hizo pensar en su amigo Bernie. Quizás esto también formaba parte de lo esencial de lo que él hablaba. ¿No dijo que la esencia consiste en concentrarse?

Horace y Bluebell se concentraban ahora en estar allí sentados sin *hacer nada*. ¿Durante cuánto tiempo? No sabría decirlo. No había tiempo que pudiera medirse. Sin embargo, el sol se movía en el cielo. Una vez más, esto no es tiempo, es movimiento. Y el movimiento no es necesariamente lo mismo que el tiempo.

Cuando Bluebell volvió a abrir los ojos, se encontró sentada exactamente en el mismo sitio. ¿Le sorprendió? Bueno, sí y no.

Esperó pacientemente a que Horace acabase su quietud. En efecto, cuando más agua hubo pasado bañando las rocas y atravesando la maleza, Horace abrió sus ojillos redondos.

—Ese es el Camino, dijo en voz baja.

—¿El Camino? ¿El camino hacia dónde?

—El camino del Dao. Es el *ser*. Y en el *serestar* puedes encontrar *tu ser*.

—Creo que no lo entiendo del todo —respondió Bluebell con sinceridad.

Horace asintió lentamente.

—No pasa nada. No pasa nada por no saberlo. Es más importante que sepamos que no sabemos. De lo contrario, fingimos que lo sabemos, y eso no es bueno. Complica las cosas.

Bluebell se sentó y pensó en lo que acababa de decir Horace. Sí, todo está bien cuando es como es. A menudo somos nosotros los que complicamos las cosas.

—Horace, a veces está bien no saber, ¿verdad?

Horace asintió con la cabeza y su naricilla se arrugó.

—No hay necesidad de correr detrás de nosotros mismos. Es mejor encontrarse con uno mismo.

Bluebell sonrió para sus adentros. Sí, eso era exactamente lo que le gustaba: encontrarse consigo misma.

—Si te apresuras a encontrarte contigo misma, no estarás lista cuando llegues —añadió Horace. Volvió a asentir, para sí; parece ser que lo hacía a menudo.

Se volvió para mirar a Bluebell. Y sí, asintió lentamente.

—Está bien estar exactamente donde estás. Horace está donde está. Y a Horace le parece bien. —Señaló a Bluebell con uno de sus pequeños y arrugados dedos—. Pero tú aún no has llegado. Y Horace dice que Bluebell quiere conocerse a sí misma. Eso es *ser*.

—Sí —convino Bluebell—. Y primero quiero visitar la escuela humana. Quiero conocer a los niños humanos. ¿Puedes ayudarme?

Horace asintió.

—Hay un lugar así. Lo he visto desde lejos. Parece desordenado.

Bluebell recordó lo que Roxy había dicho.

—Quizás haya orden dentro del desorden.

Horace miró a Bluebell.

—Veo que ya has dado el primer paso —dijo tras una breve pausa.

La carita de Bluebell experimentó un leve azul azuloso.

Horace se levantó y se estiró. Extendió los bracitos todo lo que pudo, que en realidad no era mucho, e inspiró profundamente. Luego exhaló lenta y pausadamente.

—Ah. Horace *es*. Y eso es Dao. —Luego se volvió hacia Bluebell—. ¿No deseaba Bluebell quedarse en casa?

—Yo soy mi casa.

—Ah. Eso es Dao. Ven, sigue a Horace.

Horace el erizo Dao (como le gustaba que lo llamaran) se alejó trotando, siguiendo la orilla del arroyo. Bluebell iba detrás, tratando de observar lo que le rodeaba. Al fin y al cabo, todo era muy nuevo para ella. No estaba acostumbrada a vivir tantas experiencias diferentes en tan poco tiempo. Sin embargo, como se recordaba a sí misma constantemente, era necesario hacer cambios. Cada flor tiene que crecer.

—Pero esta campanilla también tiene que crecer por dentro —murmuró para sí misma.

Horace se detuvo junto a una franja de hormigón. Señaló el camino.

—Por aquí pasan las grandes máquinas que llevan a los pequeños humanos a un sitio llamado escuela, su lugar está más allá. Pero antes hay que cruzar por aquí para llegar al otro lado. La paciencia y la observación te ayudarán.

Horace adelantó un piececito sobre la calzada y lo dejó allí. No se movió. Por fin, al cabo de un rato, puso el segundo pie en la carretera. Cerró los ojos. Entonces, cuando estuvo listo, arrugó la espalda y...

zas... se lanzó como una flecha a cruzar tan rápido como podía hacerlo un erizo lanzado.

Si Bluebell hubiera parpadeado, se lo habría perdido.

Horace ya estaba al otro lado de la carretera.

—Siente el Dao —gritó.

«Vale», pensó Bluebell. Puso un piececito azul sobre el hormigón. Esperó, pero nada. Luego puso el segundo pie junto al primero. Todavía nada. «Bien», pensó, «ya puedo cruzar».

Justo entonces sintió un retumbo que empezó a sonar cada vez más fuerte. Rápidamente se apartó de la carretera. Y volvió a adentrarse en la hierba. Sintió en su interior que algo grande se acercaba. Dio otro paso hacia la hierba. Suerte que lo hizo, porque una enorme máquina pasó atronando y escupiendo un horrible humo negro. Bluebell tosió. Aquello no era nada agradable.

Cuando se hubo recompuesto, repitió los pasos anteriores con ambos pies. Luego, cuando estuvo segura, cruzó corriendo la calle para encontrarse con Horace, que la esperaba al otro lado.

—Bien —saludó Horace asintiendo—. Hay un tiempo para estar quietos y un tiempo para actuar. Debemos saber cuándo se necesitan ambos.

Sonrió a Bluebell y sus dos ojos redondos se achicaron aún más.

—Un tiempo para observar y ser paciente, y un tiempo para salir corriendo —añadió Bluebell.

—Exactamente —convino Horace.

Apuntó con su manita hacia un campo.

—Allí —dijo—. Más allá de ese campo hay algunas viviendas humanas. Cosas feas, si me preguntas. Ten cuidado con ellas. Los humanos que viven allí son generalmente... mmm, ¿cómo podríamos decirlo? Sí, impacientes y poco observadores. Allí encontrarás la escuela humana, el lugar que buscas. Ve con cuidado, Bluebell. Tienes muchos pasos por delante, pero el más difícil ya lo has dado: el primero.

—Gracias, Horace. Me gusta mucho el Dao y también los erizos Dao.

Horace inclinó su cabecita de erizo.

—Ah, hay una cosa que quería preguntarte: ¿por qué llevas esa cosa flexible en la cabeza? ¿Tiene algún propósito?

Bluebell sonrió.

—Sí, es mi antena. Me mantiene conectada con mi hogar. Gracias a ella nunca estaré sola.

Horace asintió como si supiera exactamente a qué se refería Bluebell.

—Que el Dao sea contigo —dijo, dándose la vuelta. Y marchó.

Bluebell se sintió cálida por dentro. Aunque el sol, o la bola amarilla en el cielo, como le gustaba decir a Roxy, ya estaba cayendo. El rebote del día había terminado. No obstante, otro rebote estaba a la espera.

Madre Luna estaba allí de nuevo. Su presencia en el cielo nocturno era tranquilizadora. Ella también parecía tener una paciencia infinita, observando calladamente. Madre Luna parecía estar *siendo* en lugar de *haciendo*, y a Bluebell le gustaba eso. A veces se puede lograr más simplemente *siendo*. Después de todo, ¿dónde estarían las noches sin su luna?

Con estos pensamientos rondando por su cabeza de pétalos azules, Bluebell se quedó dormida sobre las ramas de un seto entretejido.

Cuando volvió a abrir los ojos, la bola amarilla del sol había empezado a rebotar de vuelta hacia el cielo. Todo tenía su propio ritmo. Toda la naturaleza se movía según su propio flujo y Bluebell se alegraba de poder observarlo.

Se le ocurrió que estos ritmos habían estado sucediendo desde el amanecer de los amaneceres, mucho antes de que las campanillas comenzaran a crecer desde el suelo. Ha sido así durante mucho, mucho tiempo, pensó. No importa si una campanilla lo observa, o si lo hace todo un lecho forestal de campanillas. Sucede de todos modos. ¿Y si no hubiera nadie ni nada allí para observarlo? ¿Seguiría sucediendo igualmente? A Bluebell le hubiera encantado hacerle esa pregunta a alguien en ese momento. Curiosamente, en cuanto ese pensamiento le vino a la mente, vio a alguien. Se enderezó y volvió a mirar al otro lado del campo. ¡Sí, había alguien más allí! Parecía que podía ser uno de esos grandes humanos de los que se hablaba. Era una figura alta que estaba de pie inmóvil en el campo. ¿Quizás ellos también eran pacientes y observaban, siguiendo el Dao?

Bluebell se acercó a la alta figura. Quienquiera que fuese, no pareció notar su llegada. Pronto, se encontró de pie justo al lado de la figura que seguía sin moverse. Estiró el cuello hacia atrás y miró hacia arriba. La figura era tan alta que no podía distinguir ningún rostro. Sus brazos estaban extendidos hacia los lados y parecían descansar sobre unos postes de madera clavados en el suelo.

«Son muy pacíficos, sean quienes sean», pensó Bluebell. Llamó a la alta figura y no hubo respuesta. La figura permaneció mirando a lo lejos.

—¿Estás en el camino del Dao? —gritó Bluebell. Tal vez fuera un amigo de Horace el erizo.

Seguía sin haber respuesta. Silencio.

«Quizá», pensó Bluebell, «esta figura no deseaba entablar conversación. ¿Puede que prefiera escuchar el mundo en lugar de hablar de él? Sí, eso era, esta criatura alta era un escuchador». A Bluebell le gustó la idea. Siempre era importante escuchar: al mundo, a los demás. A todo.

—Si no te importa, me sentaré aquí y escucharé contigo un rato.

El escuchador no se opuso. Permaneció erguido y quieto. Bluebell se dio cuenta de que estaba vestido con una tela que se mecía con la brisa. Se sostenía sobre una pata de madera recta como un palo. Volvió a levantar la vista y apenas alcanzó a ver su rostro. Tenía círculos redondos como ojos, pero no tenía boca.

«Ah», pensó Bluebell, «por eso no habla. No tiene boca. Entonces sí que es un escuchador y no un hablador».

Bluebell pensó que estaría bien unirse a la escucha. Se sentó a los pies del escuchador y... empezó a escuchar.

Cerró los ojos y se quedó quieta. Empezó a oír todo tipo de sonidos. Había tantas voces que se podía escuchar:

el llamado de la hierba,

el susurro de las hojas,

el parloteo de los árboles.

También el canto de los pájaros,

la melodía del aire,

el habla de las criaturas laboriosas,

y el correteo de los piececillos.

Todo estaba en movimiento, en relación con otras cosas. Y por primera vez en su vida, Bluebell se sintió parte de ello. Al escucharlo, estaba participando. Era fascinante. Y solo con escuchar, se sintió llena de energía.

Bluebells solía pensar solo en relación con la vida de las campanillas. Por eso siempre tuvo la sensación de que tenía que saber más, *ser más*. Y ahora empezaba a sentirlo. Todo está de alguna manera, y de alguna forma, en relación con todo lo demás. Cada vida, proceso, movimiento…, todo se comunicaba. Bluebell se rio para sí misma. Y luego continuó escuchando.

Finalmente, sintiéndose revitalizada, se puso en pie y dio las gracias al oyente por compartir esta importante lección. Como era de esperar, no hubo respuesta.

—Está bien —gritó Bluebell—, no tienes que decir nada, te estoy escuchando de todos modos.

Dicho esto, continuó su camino.

Y su camino la llevó a una pequeña puerta en el rincón más alejado del campo. La atravesó y pronto se encontró frente a hileras e hileras de piedras verticales que parecían una especie de menhires. En las caras de cada una había diseños y estaban rodeadas de flores. Bluebell no sabía lo que significaba nada de aquello. Leyó la primera piedra con la que se encontró. Decía:

«Ahí va otra persona más en su viaje, como yo», pensó Bluebell. «Y esa persona, esta "Madre", permanece en la memoria». Esto hizo que Bluebell pensara en sus hermanas campanillas y en su tallo familiar. «¿Seguía ella en su recuerdo? ¿Y hasta dónde puede llegar el recuerdo? ¿Se extiende a grandes distancias?».

Recordar era algo tan importante. «Nunca olvidaré a mis hermanas», se dijo Bluebell. «Aunque no me entiendan o no quieran hablar conmigo, siempre las guardaré en mi memoria». Sintiéndose mejor por ello, Bluebell saltó y brincó entre las piedras hasta que... ¡Aaagh!

... Resbaló y cayó en un gran agujero en el suelo; era enorme y, sin embargo, no lo había visto. Había conseguido agarrarse a una pequeña raíz que sobresalía de la tierra a un lado del agujero. Sus piernas colgaban y el tallo-antena de su cabeza se agitaba frenéticamente...

—¡Ayuda! —gritó—. Pero la voz de Bluebell era tan débil. Bajó la mirada. El agujero se adentraba profundamente en la oscuridad. Luchó, pero eso solo la hizo sentir más cansada e indefensa. No tenía energía para subir, y además sabía que no debía soltarse. Si no puedes subir y no puedes bajar, ¿adónde más se puede ir?

«Quizá si entro, pensó Bluebell, pueda encontrar una salida». Así que eso fue lo que hizo. Cerró los ojos y se preguntó cómo salir. Seguro que tenía que haber una forma, ¿no? Bluebell era muy consciente de que vivir no siempre es fácil, pero siempre hay soluciones, alternativas y salidas. Si no, vivir no tendría sentido porque siempre acabaría de forma abrupta. ¿Verdad?

Bluebell estaba rebuscando entre estos pensamientos en su cabeza de pétalos azules cuando sintió algo cerca de ella. Entonces empezó a moverse. Hacia arriba, parecía. Sin embargo, cuando volvió a abrir los ojos, todavía estaba oscuro... ¡y húmedo! Qué raro. Algo debía haber pasado entretanto.

Ahora se estaba moviendo, o más bien la estaban llevando a algún sitio. Bluebell tanteó a su alrededor. Estaba tumbada sobre una superficie blanda, aunque algo húmeda. A su izquierda y a su derecha podía sentir algunos objetos sólidos y afilados. «Mmm», pensó. «Si no puedo ir hacia arriba o hacia abajo, ni a la izquierda o a la derecha, entonces el único lugar al que puedo ir es hacia dentro». De nuevo, Bluebell cerró los ojos y esperó pacientemente a que llegara una respuesta. Y pronto lo hizo.

—Ya puedes abrir los ojos, cosita azul —dijo una voz. Bluebell lo hizo y vio una gran cara con bigotes que la miraba. La cara sonrió… iy qué dentadura tan afilada tenía! Bluebell casi se cae de espaldas. Por suerte para ella, ya estaba sentada.

—No tengas miedo, cosita azul. Si hubiera querido comerte, ya lo habría hecho cuando estabas en mi boca.

—Entonces, ¿yo estaba ahí? —dijo Bluebell, señalando la enorme boca de la criatura.

Esta asintió con la cabeza y sonrió, ¿o esbozó una mueca burlona?

—Sí, te recogí en mi boca cuando vi que estabas colgada en el agujero. No era un lugar muy seguro para andar por ahí. No para las cositas azules.

—Soy una campanilla y me llamo Bluebell —dijo con toda la confianza que pudo.

—Ah, una campanilla. No habíamos visto ninguna antes. ¿De dónde vienes?

—Vengo del bosque. Allí hay muchas, las hay por todas partes. Pero no todas son como yo. Soñé que me convertía en una nueva campanilla para poder explorar el mundo y visitar a los niños humanos de la escuela.

La criatura enarcó las cejas.

—¿Sí? ¿Así que eres una campanilla que ha tenido un sueño especial?

Bluebell asintió.

—¿Y qué clase de criatura eres? —Bluebell miró lo que había delante. Tenía cuatro patas y una cola grande y tupida, su cuerpo era alargado y tenía un rostro distintivo y alerta. Y era de color rojizo.

—Creo que nunca había visto una criatura de tu color.

—Tú eres azul y yo soy roja. Eso es porque soy una zorra. Y mi nombre es Felicity.

—Mmm. Una zorra. No, la verdad es que nunca me había encontrado con ninguna. ¿De qué van los zorros?

La zorra se echó a reír.

—¿De qué van los zorros? Vaya, vaya, qué curiosa eres. Podría preguntarte lo mismo: ¿de qué van las campanillas? ¿De qué va todo esto?

Felicity habló con una voz maternal, fuerte pero amable.

—No lo sé —contestó Bluebell—. Solo intento *ser*...

Felicity ladeó la cabeza y la miró detenidamente.

—¿Qué intentas ser? —preguntó.

Bluebell se encogió de hombros.

—Solo intento *ser*, ser yo, supongo.

—Sí, querida, ¿no lo hacemos todos?

Por primera vez, Bluebell observó su entorno. ¿Dónde estaba? Tocó los lados de la pared. Eran duros y rugosos.

Felicity miró a Bluebell, observando su comportamiento.

—No sabes mucho de este mundo, ¿verdad, pequeña Bluebell? Puede que desees *ser*, pero también necesitas aprender un poco sobre el mundo. No siempre es un lugar agradable. Hay peligros.

Una extraña sensación la embargó y su antena se estremeció.

—¿Estoy en peligro ahora?

Felicity sonrió.

—Por suerte para ti, no. No voy a hacerte daño, pequeña Bluebell.

Bluebell miró la cara inquisitiva de Felicity y se fijó en su fuerte mandíbula. Se acordó de cómo la había llevado en la boca.

—Pero tienes tanto poder. Eres fuerte.

Felicity se sentó sobre sus patas traseras y se lamió las zarpas.

—Sí —aceptó—. Los zorros tienen cierto poder. Pero una cosa siempre está en relación con otra.

—¿Qué significa eso?

—Nada existe por separado, aislado. Esa es la naturaleza de este mundo. Es algo que tú, Bluebell, necesitas aprender. Cuando uno tiene poder sobre los demás, siempre habrá algo que tendrá poder sobre él. Nada es absoluto.

—¿Tengo poder? —preguntó Bluebell.

—Claro que lo tienes, querida. Todo el mundo tiene algún tipo de poder.

—¿Cómo qué?

—Bueno, como poder sobre ti misma. Ese es un buen punto de partida.

Bluebell se lo pensó. Parecía tener sentido.

—Entonces, ¿puedo irme de aquí?

Felicity asintió.

—¿Y también tienes el poder de detenerme?

Felicity tuvo que aceptar que eso también era cierto.

—¿Pero no me detendrás si decido irme?

Felicity sonrió ampliamente.

—Si decides irte, pequeña Bluebell, yo no te lo impediré. Solo estás aquí porque elegí salvarte de caer en un agujero muy profundo. El poder también tiene que ver con la elección. Es la forma en que elegimos utilizar nuestro poder lo que hace que este sea lo que es. El poder conlleva responsabilidad.

—No sabía que tenía poder —Y diciendo eso, Bluebell se levantó y caminó hacia donde pudiese ver más luz. Pronto volvió a estar fuera, con los rayos del sol sobre su cara. Se dio la vuelta y vio a Felicity saliendo del tronco hueco de un árbol.

Felicity pareció alegrarse. Entonces emitió un silbido y pronto se oyó un corretear de patas. De un agujero cercano salieron corriendo dos zorritos. Se parecían a Felicity, pero eran más pequeños.

—Te presento a mis pequeños —dijo—. Este es Freddy y el otro es Franny.

Bluebell no podía distinguirlos.

—Ahora que sé que es seguro y que puedo confiar en ti, puedes conocer a mi familia. El poder de confiar también es importante.

Freddy y Franny llegaron corriendo, ansiosos por conocer al nuevo huésped. Casi chocan con la pobre Bluebell.

—¡Alto! Tened cuidado, queridos. Debemos ser delicados con la pequeña Bluebell.

—Puedo ser pequeña —respondió ella—, pero también soy fuerte.

Felicity se rio.

—Sí, no lo dudo. Pero la fuerza no consiste en ser físicamente robusto. También tenemos otras fortalezas.

Los ojos de Bluebell se iluminaron.

—¡Sí, sí! ¡Tuve la fuerza para soñar!

—Así es. Confiaste en tu fuerza para soñar y confiaste en ti misma. Son fuerzas muy necesarias.

Bluebell se sentó de nuevo en la hierba y pensó en esto mientras Freddy y Franny jugaban entre ellos y se revolcaban.

—¡Yo también tengo el poder de escuchar!

Claro, ¿por qué no se le había ocurrido antes? Le contó a Felicity lo que había pasado antes con el escuchador en el campo.

Felicity asintió con la cabeza.

—Ah, sí. Lo que tú llamas el escuchador, nosotros lo llamamos el vigilante. Está ahí día y noche, observando el campo y asegurándose de que los pájaros no vienen a comerse las semillas.

—Entonces, ¿el escuchador también tiene poder? —preguntó Bluebell.

—Sí, querida. Como te he dicho, todo lo tiene. Pero es relacional. El poder necesita algo que lo reciba. No actúa solo. El poder de la responsabilidad necesita una persona que la asuma. El poder del amor necesita un dador y un receptor. Aislados, no tenemos nada.

Bluebell pensó en Horacio el erizo y en cómo se habían sentado tranquilamente junto al arroyo, observando el agua correr.

—¿Pueden la paciencia y la observación tener poder?

—Por supuesto —respondió Felicity—. Tienen un gran poder porque escasean.

Bluebell suspiró.

—Hay tanto que aprender sobre el mundo. Creo que voy a necesitar muchas primaveras y muchos veranos tan solo para empezar.

Felicity sonrió.

—Sí, montones de primaveras y veranos. Empecemos con el poder de jugar, ¿te parece?

Bluebell asintió alegremente.

Freddy y Franny eran excelentes jugadores. Corrían, saltaban, brincaban y también se revolcaban el uno encima del otro. Tenían cuidado de no aplastar a Bluebell, que no era tan ágil como un zorro.

Felicity permanecía sentada cerca, vigilando y protegiendo cuidadosamente a sus jóvenes cachorros. Por supuesto, también cuidaba atentamente de Bluebell. No quería que le pasara nada a su pequeña invitada azul.

A medida que avanzaba la tarde y la brillante bola amarilla comenzaba a desvanecerse en el horizonte, también llegó el sueño.

—Dormir bien por la noche también es un poder, —comentó Felicity mientras guiaba a sus cachorros hasta su madriguera—. ¿Por qué no te unes a nosotros esta noche? Dormirás protegida.

Bluebell estaba intrigada. Había pasado toda su vida sobre la tierra. Nunca había estado bajo esta, ni un segundo, y mucho menos toda una noche. No pudo resistir su curiosidad.

Siguió a los cachorros a través del agujero y entraron en un túnel oscuro. No podía ver nada. Estaba completamente a oscuras. Por supuesto, los zorros nacen con ojos que ven bien en la oscuridad. Pero las campanillas azules son flores del sol, no tienen sentidos para la penumbra. Al darse cuenta de ello, Felicity ayudó a Bluebell guiándola con suavidad, dándole pequeños toques con la nariz por detrás. A pesar de la diferencia de tamaño, la madre zorra tuvo mucho cuidado de no empujarla con demasiada brusquedad ni causarle ningún daño. Era una criatura muy cariñosa, no obstante su poderosa constitución física.

El oscuro túnel descendía hacia el interior de la tierra fría. Finalmente, llegó a una curva con una pequeña sección ascendente. Una vez más, Felicity ayudó a Bluebell a atravesar esa parte del túnel levantándola desde atrás. Luego entraron en una amplia zona despejada que había sido cubierta con hierba seca y hojas suaves sobre las que tumbarse.

—Bienvenida a nuestra casa —dijo Felicity mientras Freddy y Franny se hacían un ovillo esponjoso.

Bluebell sonrió para sí misma. Se sentía satisfecha. Cada nuevo lugar puede ser un hogar, durante un tiempo.

En lo más profundo de la tierra, al abrigo de la madriguera de los zorros, en la calidez y la oscuridad, Bluebell estaba sola consigo misma.

Estar sola no es lo mismo que sentirse sola. Bluebell estaba sola y cómoda consigo misma. Y en la oscuridad agradeció que su sueño cobrara vida. «Incluso los sueños viven. Como todo vive de una forma u otra: los sueños, la Madre Luna y Bluebell. Todo debe estar conectado», pensó mientras caía en un profundo sueño.

El sol de la mañana había vuelto a salir. Sin embargo, Bluebell no lo supo hasta que un hocico cálido la despertó con un toquecito. Y luego las esponjosas colas de Freddy y Franny le aletearon en la cara juguetonamente.

Felicity los condujo a todos fuera de la madriguera, hacia la luz de un nuevo día. Estaba amaneciendo y el suelo olía fresco. Bluebell había dormido bien y estaba lista para otro día y otro paso adelante. Sabía que ya debía estar cerca de la escuela humana.

—Gracias por cuidar de mí —dijo Bluebell.

Felicity inclinó su peluda cabeza rojiza.

—Es un placer, pequeña Bluebell. Es agradable ver una cara nueva por aquí. A veces, una presencia distinta puede aportar una perspectiva original a los lugares. ¿Adónde vas ahora?

Bluebell le dijo a Felicity que deseaba visitar la escuela de los niños humanos. Sabía que estaba cerca. Felicity no estaba tan segura de la idea, ya que había tenido algunos encuentros desagradables con ellos.

—Los humanos pueden ser muy desconsiderados —dijo—. ¿Estás segura de que quieres ir allí? Quizá no te acepten entre ellos.

—¿Y por qué no? —preguntó Bluebell.

Felicity suspiró suavemente.

—Bueno, tú eres un poco diferente, querida.

—¿No somos todos algo diferentes?

—Sí, es cierto. Sin embargo, los humanos no son muy buenos manejando las diferencias.

—Bueno, en algún momento, tendrán que empezar, ¿no?

Felicity sacudió la cabeza. Sabía que Bluebell tenía un corazón bondadoso y que no dejaría que las cosas del mundo se interpusieran en su camino. Aceptó mostrarle a Bluebell dónde estaba la escuela. Confiaba en que los corazones bondadosos acaban venciendo cualquier oposición.

—Tienes poder en tu corazón —dijo Felicity mientras caminaban juntas lejos de la madriguera.

—Y tú me has enseñado que el poder conlleva responsabilidad.

Felicity sabía que Bluebell aprendía rápido. El mundo se abriría para ella. Y el mundo siempre necesita corazones buenos y fuertes para todas las criaturas.

—Tengo curiosidad, querida Bluebell, ¿por qué tienes ese pequeño tallo pegado a la parte superior de la cabeza?

Esta vez le tocó sonreír a Bluebell.

—Ah, esa es mi antena. Me mantiene conectada al hogar. No importa dónde esté en este mundo, siempre permaneceré conectada.

—Entonces, ¿conoces el camino de vuelta a casa?

—Sí —asintió Bluebell. Pero lo que Bluebell no le dijo es que el hogar no está necesariamente en un tallo familiar o en un lugar, sino donde está el corazón.

Finalmente, llegaron a la puerta de un jardín. Felicity señaló con la cabeza.

—Tienes que entrar por ahí. Es la parte trasera de un gran lugar donde habitan los humanos. Tendrás que pasar por aquí para entrar en su zona de viviendas de hormigón. Enfrente está la escuela para niños humanos. Ahora, pasa la casa por el lado, cuélate en el jardín delantero y vuelve a salir. Allí verás la escuela. No te quedes mucho tiempo en la vivienda humana. Los humanos más grandes suelen ser menos amables. Es mejor ir directamente a la escuela. Los pequeños son más amistosos.

Felicity rozó con su cabeza peluda la cabeza de pétalos azules de Bluebell. Se sentía cálida y agradable.

—Espero volver a verte, y a Freddy y Franny —dijo Bluebell al alejarse.

Con una sonrisa, Felicity asintió.

—Tal vez, querida pequeña azul. Sin embargo, de un modo u otro, todos estamos conectados. Adiós y que tengas un buen viaje.

Bluebell se despidió con la mano y cruzó la puerta. Ahora había entrado en una residencia humana. No se sentía nada diferente, ¿o sí? Al fin y al cabo, los humanos también tienen que vivir en el mismo mundo, así que ¿no lo tratarían igual?

El jardín humano parecía muy ordenado y bien gestionado. «Les gusta tener cosas naturales en su entorno», pensó. Se deslizó entre los macizos de flores, saludando. Se escabulló entre los arbustos, diciendo holas. Bajó por un camino lateral y luego...

¡Hala!, ¿qué era ese ruido?

Bluebell se escondió detrás de lo más cercano que encontró. Por suerte para ella, era una enorme forma negra que se alzaba en lo alto.

Se asomó por detrás, justo a tiempo para ver una gran puerta abierta y un largo par de piernas que salía.

—Estaba sacando la basura —atronó una voz grave.

La gran forma negra se sacudió cuando algo cayó sobre ella. Entonces Bluebell vio cómo el mismo par de piernas enormes desaparecía de nuevo en el interior de la vivienda.

«Los humanos son muy grandes», pensó Bluebell. Se preguntó si estarían dispuestos a mantener una buena conversación. «Bueno, lo mejor sería empezar por los niños. Las mentes más jóvenes suelen ser más abiertas», razonó.

Siguió avanzando con cautela por el lateral de la gran vivienda humana y pronto entró en el jardín delantero. Estaba a punto de avanzar cuando algo llamó su atención. Era un destello azul, como ella. ¿Un gran ojo azul que la miraba? Volvió a mirar. Sí, un gran ojo azul brillaba a la luz del sol. Pero espera. Había más de un ojo... había varios ojos.

Bluebell se quedó hipnotizada, observando un despliegue de ojos azules que parecían zarandearse. Toques de verde se combinaban con el azul: verlo era una maravilla. Entonces advirtió cómo la cara de ojos azules y verdes se daba la vuelta. Y lo que vio fue otra cabecita. Lo que ella creía que era la cara en realidad era la cola. Y donde debería haber estado la cola había una cabeza. Una adorable criatura de plumas azules y cuello largo y delgado se paseaba con magnificencia por el jardín. Bluebell se sentó junto a una maceta y la miró. Observó cómo caminaba con cuidado y mantenía la cabeza alta. Estaba impresionada. Tenía muchas ganas de conocerla, pues nunca había visto nada igual.

Bluebell se levantó y avanzó. Justo en ese momento, otro movimiento a la derecha llamó su atención. Se dio la vuelta y vio un rostro gris que la miraba fijamente.

«Miaaau».

Eso no sonó bien, pensó. Algo en su interior —algo natural y muy cercano a ella— le dijo que aquello era peligroso. Cuando retrocedió un paso, el animal gris- miau avanzó dos. Ella echó otro paso atrás y él dio otros dos hacia delante. Bluebell miró hacia atrás para ver a dónde podía correr y esconderse. No había a dónde correr ni dónde esconderse. «En ese caso», pensó, «lo único que puedo hacer es quedarme donde estoy y enfrentarme a esto. Elijo quedarme aquí y aceptar lo que venga».

Bluebell no tardó mucho en ver lo que se le venía encima. Llegó de un gran salto. El animal gris-miau había saltado en el aire y… ¡Zas!…

… una gran ráfaga de plumas se abalanzó ante ella. Se escucharon muchos graznidos y chillidos agudos y grandes aleteos. Bluebell no podía ver lo que estaba pasando, pero tuvo la presencia de ánimo de apartarse.

Cuando el aleteo, los chillidos y los maullidos se apagaron, vio ante sí a la hermosa criatura de alas azules que dio un paso adelante y se inclinó.

—¿Estás bien, cosita azul? —habló con voz suave y muy cortés.

—Sí, sí... —balbuceó Bluebell, sintiéndose todavía un poco conmocionada.

—No tengas miedo, cosita azul. Soy Percy el pavo real. A tu servicio.

—Gracias, Percy. Eres muy amable. Gracias por tu ayuda.

—No te preocupes. Los pavos reales no tememos a los gatos malhumorados.

—Me alegro —Bluebell dejó escapar un largo suspiro de alivio—. Ah, ¿así que eres un pavo real?

Percy asintió y le guiñó un ojo alegre.

—Yo soy un pavo real, y eso es lo que soy. Supongo entonces que nunca antes habías tenido el placer de la compañía de un pavo real.

Bluebell negó con la cabeza.

—Oh, bueno. Ahora no tienes nada que perder y todo por ganar. Percy está encantado de conocerte.

Percy ladeó la cabeza, primero hacia la izquierda y luego hacia la derecha.

—¿Y con quién tengo el placer?

—¿Perdón? —respondió Bluebell. No estaba muy segura de lo que Percy estaba preguntando.

—Querida, simplemente me preguntaba quién y qué eres. ¿Es un delicioso secreto?

—Aaah. No, no soy ningún secreto, solo soy yo. Soy una campanilla, y me llamo Bluebell.

—Eso sin duda parece que cuadra. Aunque, por suerte para mí, mi nombre no es Pavo Real. De lo contrario, sería Pavo Real el pavo real, y eso no sería apropiado para un pavo real, ¿no crees?

—Supongo que no —Bluebell sacudió la cabeza y sonrió. Le gustaba Percy, aunque no podía entender todo lo que decía. Quizás los pavos reales tenían una forma diferente de decir las cosas. No pasaba nada, todos somos únicos.

—Ven, demos un paseo juntos. Pasear es social.

Percy se apartó con elegancia y, como había indicado, comenzó a pasear lentamente por el jardín. Bluebell lo siguió. Observó, con desapego, cómo Percy levantaba sus delgadas y huesudas patas para dar cada paso medido. Sin duda era una criatura inusual, y además tenía un aspecto precioso. Ella caminaba a su lado mientras daban un paseo juntos por el jardín frontal cubierto de hierba. A veces, Percy se detenía, sacudía sus plumas y abría sus maravillosos ojos azul verdosos.

—Es como si estuvieras observando el mundo con todos esos ojos —comentó Bluebell.

—Por desgracia, querida, es al revés: los ojos del mundo están puestos en mí.

—¿Qué quieres decir?

Percy la miró con sus pequeños y atentos ojos.

—Todo el mundo viene a ver el espectáculo de los pavos reales. Pájaros, ardillas, perros, humanos… ¡incluso algunos gatos! Se deleitan viendo mi despliegue de plumas.

—¿Y qué hay de malo en ello?

Percy ladeó su cabeza angulosa.

—Hago lo que hago porque es lo que hacen los pavos reales. Es mi naturaleza exhibir mis plumas. Y todo el mundo piensa que es bello. Me elogian continuamente. Lidiar con ese comportamiento es muy difícil.

—No lo entiendo —dijo Bluebell, un poco desconcertada.

—Cuando el mundo te etiqueta como algo, quiere que seas eso. Sería muy fácil convertirse en lo que el mundo espera de ti. El problema es que entonces podrías empezar a creértelo tú mismo.

Percy siguió pavoneándose y paseando de una manera muy elegante. Los pájaros de los árboles cercanos interrumpieron sus actividades y observaron. Un perro que pasaba se detuvo para mirar entre los listones de la puerta de madera.

—¿Ves lo que quiero decir? —dijo Percy, sacudiendo sus hermosas plumas azules—. Me llaman hermoso porque eso es todo lo que ven: mi apariencia.

—Pero, ¿no eres hermoso? —preguntó Bluebell, quien todavía no estaba muy segura de lo que Percy estaba tratando de decir.

—Si lo soy es por quien soy, no por lo que parezco. Y con esto debo tener cuidado. Es demasiado fácil permitir que otros me llamen hermoso sin hacer o ser nada.

Una luz se encendió en la pequeña cabeza azul de pétalos de Bluebell.

—¡Ah, entonces quieres *ser*!

—Por supuesto, querida, no hay otra belleza. Los rasgos externos son cosas que se nos dan, pero no se ganan. Las cosas reales son aquellas por las que trabajamos para conseguirlas por nosotros mismos. No poses tus ojos en mí y me hables de mi belleza; mira dentro de mí y encuéntrala. Si no está ahí dentro, no existe realmente.

Bluebell sintió que su cuerpecito se estremecía; era como si le estuviera diciendo que esas cosas que oía eran ciertas. Sí, realmente era así.

Percy notó que Bluebell estaba perdida en sus pensamientos.

—Mi querida niña —dijo con su casi aristocrática voz—, no debes complicar el mundo más de lo que ya está. Intenta vivir solo con lo esencial.

Bluebell pensó inmediatamente en su amiga Bernie la abeja. «Sí», se dijo a sí misma, «céntrate en lo esencial».

—¿Te gustaría cambiar de perspectiva? —preguntó Percy.

—¿Qué quieres decir?

Percy señaló con la cabeza un gran árbol en la esquina del jardín.

—Allí arriba, en ese árbol, hay una gran rama que ofrece unas vistas maravillosas. Un cambio de perspectiva con respecto al suelo.

—¡Ojalá! No puedo subir hasta allí, es demasiado grande y alto.

—No tienes que trepar. La forma más sencilla es que te lleve volando hasta allí.

—¿Los pavos reales pueden volar?

Percy hizo una mueca burlona y levantó una ceja.

—Los pavos reales podemos volar distancias cortas. Es parte de nuestra belleza —dijo con un guiño.

Siguiendo sus instrucciones, Bluebell se subió a su nuca y se agarró con fuerza mientras... un paso... dos pasos... tres pasos... y... ¡zas!

Con un gran batir de alas y una ráfaga de aire, Percy el pavo real se elevó del suelo y se subió aleteando a una ancha rama del gran árbol. Bluebell se deslizó por su cuello y se sentó a su lado.

—Guau —dijo—, esta vista es realmente increíble—. Desde su nueva perspectiva, podía ver a gran distancia. Alcanzaba a divisar los tejados de muchas viviendas humanas. El mundo parecía mucho más grande de lo que jamás hubiera imaginado. Y pensar que poco antes era una pequeña flor de campanilla en el tallo de su familia de campanillas. Esto la hizo sentirse un poco triste por sus hermanas, que vivían toda la vida con la cabeza gacha mirando al suelo. «Si tan solo pudieran aprender a cambiar su perspectiva», pensó Bluebell. Fue entonces cuando se dio cuenta de que, si uno cambia de perspectiva, un mundo totalmente nuevo se abre ante él.

Percy sacó unas nueces que tenía guardadas bajo las plumas. Se las ofreció a Bluebell. Juntos se sentaron en la rama, un pavo real y una campanilla, observando la grandiosidad de la vista.

—Todo es tan hermoso —dijo Bluebell muy bajito. No creía que nadie pudiera oírla, pero Percy lo hizo.

—Sí, querida, la verdadera belleza proviene de la visión. Es como un sueño que se desarrolla. Tú pareces una persona con un sueño, ¿estoy en lo cierto? —Percy la miró de reojo.

Bluebell no dijo nada. Ella ya estaba volando a través de su sueño.

—Sí —respondió finalmente—. Mi sueño me trajo aquí. Quería ver mundo. Quería visitar la escuela de los niños humanos. Y quería *ser*.

Percy se metió una nuez redonda en la boca y la hizo crujir.

—En esto último no te puedo ayudar, es algo que tienes que encontrar por ti misma. Pero puedo ayudarte a llegar a la escuela. Está ahí. —

Percy señaló hacia abajo, al otro lado del árbol, donde se veía una vivienda baja, de tejado plano, que tenía una gran zona despejada en la parte de atrás.

Bluebell trató de ver lo más lejos posible.

—No veo a ningún niño.

—Todavía no. Varias veces al día salen a jugar a ese espacio abierto de atrás. Es el mejor momento para ir. Y —dijo mientras comía otra nuez— no tardarán en salir. Si quieres, te llevo.

Bluebell se acurrucó contra las plumas de Percy. «Sí», pensó, «es hermoso, pero no solo por fuera». Se alegraba de haber conocido a Percy y también a todos sus amigos: Bernie, Roxy, Horace y Felicity. Le habló a Percy de ellos.

Percy asintió mientras escuchaba.

—Todos participamos en este mundo, de un modo u otro. Nos damos empujoncitos los unos a los otros. Y son estos toques los que nos ayudan. Pásalos, eso es lo que digo.

En aquel momento Bluebell se sintió de un azul maravilloso. Sí, aceptó que ella también transmitiría los toquecitos.

Percy miró a su nueva amiguita azul, sentada a su lado en el árbol.

—¿Y por qué, si puedo preguntar, tienes esa cosa en forma de tallo en lo alto de la cabeza?

—Ah —respondió Bluebell—, es mi antena. Me mantiene conectada a mi hogar. No importa cuántas veces cambie de perspectiva, siempre permaneceré conectada a él. —Le propinó a Percy un codazo juguetón—. Pásalo —le dijo guiñándole un ojo.

Percy soltó una risita, aunque intentó no hacerlo.

Permanecieron sentados un rato más, disfrutando de las vistas.

—Venga, vámonos. Tienes un sueño por vivir —dijo finalmente Percy.

Bluebell se subió a su nuca y volvió a agarrarse fuerte mientras Percy saltaba de la rama del árbol. Sus grandes plumas los deslizaron por encima de un muro hasta el otro lado. Luego, con paciencia y observación, caminaron cautelosamente por el pequeño camino hasta el edificio de la escuela. Bueno, Bluebell caminaba, pero Percy paseaba elegantemente.

—A fin de cuentas, un pavo real ha de mantener su estilo externo —comentó Percy con una leve sonrisa.

—Por ahí, a través de los huecos de esa valla —indicó Percy—. Luego espera en el espacio abierto a que los niños humanos salgan a jugar.

Bluebell se volvió hacia su amigo.

—Muchas gracias, querido Percy.

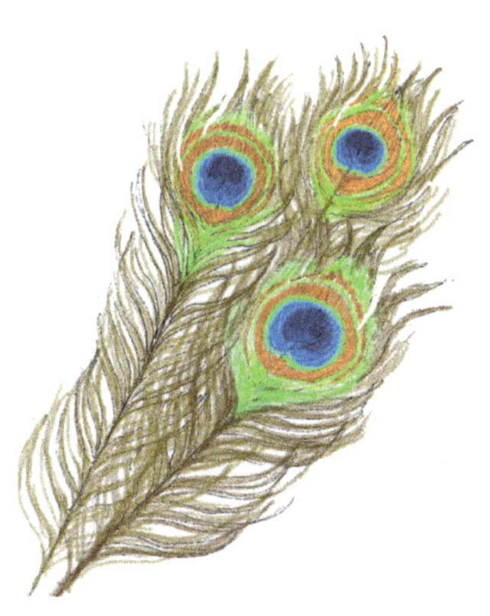

—Un placer, mi querida Bluebell. —Le dio un golpecito con sus plumas—. Solo acuérdate de pasar los empujoncitos. Ah, y no seas quien el mundo quiere que seas hasta que antes puedas ser tú misma.

Y diciendo eso, se dio la vuelta y se alejó majestuosamente, como si el mundo fuera su patio de recreo y él su rey.

El pequeño corazón azul de Bluebell estaba a punto de estallar. Había llegado al lugar con el que había soñado. Recordó el sueño en el que sus diminutos pies azules habían pisado la tierra. Y esos pies la habían llevado ahora a la escuela. Por fin iba a conocer a algunos niños humanos. ¡Qué emocionante!

Sonó un timbre. Bluebell no sabía qué era ese sonido ni por qué sonaba. Solo lo escuchó y supuso que algo estaba a punto de suceder. Y tenía razón.

Se abrieron un par de puertas y una multitud de pequeños humanos, o niños, entraron con entusiasmo al patio exterior. Algunos llegaron brincando, otros dando saltitos. Un niño llegó incluso de un gran salto.

Bluebell, sentada en el borde de un banco, observaba todo.

Para ella era como otro mundo: dinámico, juguetón, enérgico. Todos los niños humanos tenían la cabeza levantada, interactuando entre ellos. Parecían ser muy conscientes de su entorno, incluso cuando no estaban mirando. O al menos eso le parecía. Le encantaban la energía y la euforia que desprendían mientras jugaban en el espacio exterior.

Mientras seguía mirando, dos niñas se acercaron y se sentaron en el banco junto a ella. Estaban charlando y riéndose juntas. Al principio, no se dieron cuenta de la pequeña Bluebell, sentada en el extremo más alejado del banco. Estaba allí observándolas con gran atención e interés.

—Hola —dijo Bluebell después de escuchar durante un rato.

Una de las chicas se dio la vuelta para mirar. Tenía el pelo largo, rubio y liso. La otra chica que estaba a su lado se parecía mucho, pero tenía el pelo largo, liso y oscuro. Bluebell saludó con la mano.

—Oh —dijo la niña—, ¿qué es esto?

—No una qué, una quién. Soy Bluebell —replicó—. ¿Y tú quién eres?

La niña dio un codazo a su amiga.

—Mira, es una pequeña… eh… ¿campanilla?

Bluebell asintió.

—Hola, me llamo Mary —dijo, y luego señaló a la otra niña que estaba a su lado—, y esta es mi hermana, Jane.

—Hola, Mary y Jane.

La hermana de cabello oscuro, Jane, miró a Bluebell.

—Oh, ¿no es preciosa?

—Solo soy una campanilla —respondió Bluebell— ¿Son preciosas las campanillas?

Las dos hermanas se rieron.

—Nunca habíamos visto una campanilla —dijo Mary.

—Ni hablado con una —añadió Jane.

—Bueno —dijo Bluebell poniéndose en pie—, yo soy como vosotras, pero soy una chica campanilla. Y echó un bailecito.

Las niñas se rieron.

—Es genial —dijo Mary.

Jane señaló la pequeña cabeza de pétalos azules de Bluebell.

—¿Por qué tienes esa cosa que sobresale de tu cabeza?

Bluebell sonrió.

—Es la antena para mi hogar —dijo—. Con ella, siempre estoy conectada con mi hogar, vaya donde vaya.

—Qué guay —respondió Jane—. Ojalá tuviera una.

—¿No tienen los niños humanos antenas de hogar?

Las dos hermanas negaron con la cabeza.

—Entonces, ¿cómo sabéis el camino a casa?

Mary se encogió de hombros.

—Nuestros padres siempre nos recogen. Nos llevan y nos traen a los sitios.

—Sabemos dónde está nuestro hogar cuando estamos cerca de casa —dijo Jane.

—¿Y podéis comunicaros con casa? —preguntó Bluebell, curiosa.

Mary asintió.

—Claro que podemos. Tenemos nuestros teléfonos móviles. Podemos llamar a casa.

Bluebell se emocionó. Por fin había conocido a unos niños humanos. Y eran simpáticos, tal como había esperado. Se acercó a las dos hermanas.

—¿Puedo ver uno de esos teléfonos?

—Tendrás que esperar hasta después —dijo Jane—. No podemos llevarlos a clase. Los recogemos al salir.

Bluebell pensó un momento.

—Entonces, ¿esos teléfonos no son parte de vosotras?

Las chicas se rieron.

—¡No están en nuestras cabezas!

Bluebell aplaudió. Disfrutaba charlando con las hermanas.

El timbre volvió a sonar. Todos los niños empezaron a reagruparse y a regresar al edificio de la escuela. Las hermanas tuvieron una idea de repente, ambas exactamente al mismo tiempo.

—¿Quieres venir a clase con nosotras? —dijeron a la vez. Estaba claro que Mary y Jane eran hermanas. Pensaban e incluso hablaban igual.

Bluebell estaba entusiasmada. Eso era exactamente lo que quería: ir a clase con todos los demás niños humanos. No lo dudó ni un momento. Mary la levantó y la llevó a clase.

Bluebell estaba sentada en el borde del escritorio observando a todos los demás niños que revoloteaban con sus libros, charlando y sonriendo. Era como un bosque de rostros humanos. A diferencia de sus hermanas campanillas, todos miraban hacia arriba, deseosos de saber más sobre el mundo que los rodeaba.

Al principio no se dieron cuenta de su presencia, ocupados como estaban en sus propias actividades. Sin embargo, pronto, uno tras otro, los niños vieron a Bluebell sentada en el escritorio de Mary. Todos quedaron fascinados con aquella niñita de aspecto azulado, que era mucho más pequeña que ellos. Sin embargo, Bluebell sabía que el tamaño no era un problema, era solo tamaño.

Los demás niños querían hablar con Bluebell, pero entonces entró la maestra. No obstante, los niños no podían reprimir su curiosidad y fascinación. Y no pasó mucho tiempo antes de que la maestra se diera cuenta de ello, y también viera a la pequeña Bluebell sentada allí en clase.

—¿Qué o quién es esto? —exclamó la maestra, sorprendida.

Bluebell se presentó. Entonces, la maestra la invitó a que se acercara al frente de la clase. De pie sobre el escritorio de la maestra, Bluebell contó su historia: su sueño de viajar, de conocer el mundo y de encontrarse con niños humanos.

—Después de todo —dijo finalmente—, todos somos iguales.

—Pero no somos iguales —respondió un niño—. Tú eres azul y llevas una cosita con forma de flor en la cabeza.

Bluebell se rio.

—No pienses tanto en lo que ves. Todas las cosas del mundo tienen sus formas y tamaños. Eso es lo que hace que la vida sea emocionante. Sin embargo, todos estamos vivos, viviendo en el mismo mundo compartido, ¿no nos convierte eso en algo esencialmente igual? —Bluebell volvió a pensar en su amiga Bernie la abeja y estuvo segura de sentir un zumbido en su interior. Bernie la estaba escuchando, sin importar lo lejos que estuviera. Así es como funcionaba la verdadera comunicación.

Los niños tenían muchas ganas de saber más sobre lo que Bluebell había aprendido sobre el mundo hasta entonces. La maestra también lo deseaba, así que Bluebell siguió hablando con su suave voz de campanilla. Estaba empezando a encontrar su propia voz interior.

Bluebell dijo a la clase que las cosas empiezan a partir de uno mismo, y cuanto más en contacto estés contigo mismo, mejor será tu comienzo. Si estás conectado con la esencia, dijo, pensando en Bernie, empiezas desde lo esencial y trabajas a partir de ello.

Luego continuó contando cómo el mundo puede parecer caótico, pero a menudo detrás del caos existe un gran orden. Bluebell sonrió para sí misma, pensando en su amiga Roxy la coneja y en todas sus hermanas rodando colina abajo. ¿Cuántas de ellas había? Ah, sí, estaban Rixy, Trixy, Toxy, Nixy, Noxy, Poxy, Pixy, Dixy, Doxy, Bixy, Boxy, Joxy, Jixy, Mixy, Moxy, Soxy, Sixy, Vixy, Voxy, Yixy, Yoxy y Ethel. ¿Cómo olvidarse de Ethel?

Bluebell sonrió.

—Sí —dijo—, el caos y el orden van de la mano. De lo contrario, el mundo se basaría demasiado en una cosa y no lo suficiente en otra. Se necesitan ambos lados para lograr un equilibrio. El equilibrio es necesario.

Eso le hizo pensar en Horace, el erizo del Dao. Una vez más, Bluebell sonrió para sus adentros.

Y, continuó, era importante no precipitarse. Es bueno ser paciente y observar. Después de todo, debemos dejar que el *serestar* llegue.

—¿Qué es *serestar*? —pregunto una niña.

—Bueno… —pensó Bluebell un momento antes de responder—. *Serestar* es lo que nos permite ser y hacer cosas, el centro del cual todas emanan. Piensa en un río. ¿Cómo fluye? Lo hace desde el *serestar*. Y esto le permite fluir sin apego a otras cosas, como detenerse cuando la gente lo mira. El agua del río sabe cómo fluir porque tiene *serestar*.

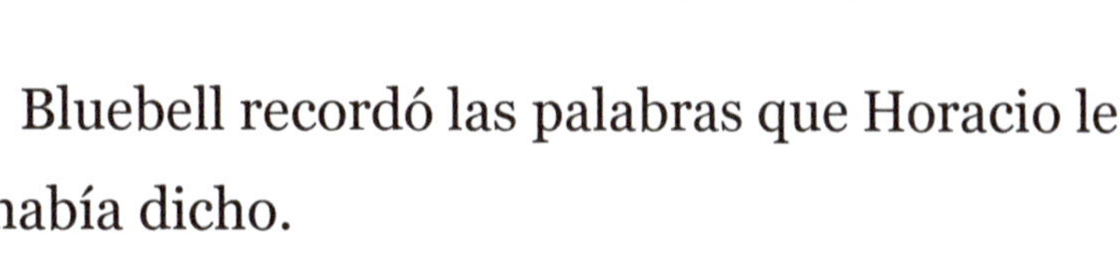

—¿Cómo podemos tener *serestar*? —preguntó otro niño.

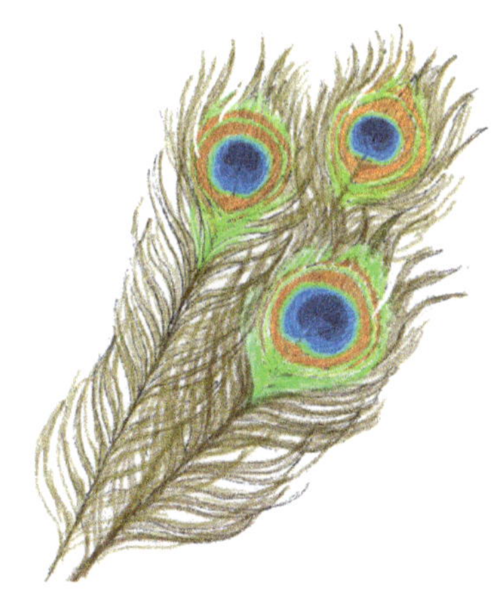

Bluebell recordó las palabras que Horacio le había dicho.

—Observando, reconociendo y registrando, pero sin apegarse —respondió.

Otra niña levantó la mano.

—¿Y por qué no apegarse? —preguntó, curiosa.

Bluebell se acordó de Percy el pavo real y un cálido sentimiento se expandió dentro de ella como el despliegue de unas hermosas plumas azul verdosas.

—Cuando nos apegamos, aceptamos etiquetas —empezó a decir—. Y el mundo siempre quiere etiquetarte como algo. Sería muy fácil convertirse en lo que el mundo espera de ti. El problema es que entonces puedes empezar a creértelo tú misma.

Bluebell sonrió. Estaba pensando en estar de nuevo en lo alto del árbol con Percy. Justo allí, mirando hacia abajo, a la misma escuela donde ahora estaba hablando. «Es curioso», pensó, «cómo el mundo exterior puede de alguna manera conectar las cosas».

—Las cosas reales —continuó— son aquellas por las que trabajamos para ganárnoslas. Y lo conseguimos participando en ellas. Todos participamos en el mundo, de una forma u otra. A esto podemos llamarlo empujoncitos —dijo mirando las caras de todos los niños que, expectantes, la escuchaban con atención.   —Son esos toques los que nos ayudan a todos, y debemos transmitirlos. Estamos aquí para darnos toquecitos y ayudarnos unos a otros. Un empujoncito aquí y otro allá hacen que el mundo gire.

Bluebell se rio, y la clase se rio con ella. La risa, después de todo, es muy contagiosa. Y no importa quién seas, ya sea una campanilla o un humano, puedes acabar pillando el virus de la risa.

Otro chico levantó la mano.

—Entonces, pequeña Bluebell, ¿me estás diciendo que debería ir dando empujones a la gente? ¿Con el codo? —El chico se rio entre dientes y les guiñó un ojo a sus compañeros.

—Bueno —dijo Bluebell—, después de todo, es tu elección, pero esta conlleva responsabilidad y poder —Entonces pensó en Felicity la zorra—.

Todos tenemos nuestro propio poder personal, pero debemos pensar detenidamente en cómo usarlo. El poder no solo consiste en ser fuerte, también es la capacidad de influir en los demás y ayudarlos. Este es el verdadero empujón, y no tiene por qué ser con el codo —Bluebell sonrió al joven que había hecho la pregunta y vio que sus mejillas se sonrojaban.

La pequeña Jane levantó la mano.

—Señorita —dijo, refiriéndose a la maestra—. ¿Sabía usted que Bluebell tiene una antena en la cabeza que siempre la conecta con su hogar?

La maestra preguntó si eso era cierto.

Bluebell asintió.

—Sí, siempre estoy conectada a mi hogar, esté donde esté.

—¿Y dónde está tu casa? —preguntó la maestra.

—Dondequiera que estoy —respondió Bluebell con una sonrisa. Y era cierto. Bluebell estaba en casa dondequiera que se encontrara.

Y justo ahora, Bluebell se sentía feliz de estar en una clase de niños humanos. No importaba que procediera de una familia de campanillas. O que tuviera una cabecita azul como un pétalo. Esas son solo las etiquetas que el mundo nos pone. Por dentro, todos vivimos la misma historia, solo que cada uno la vive a su manera.

Bluebell por fin estaba viviendo su sueño. Sus diminutos pies azules caminaban sobre el suelo. Y aprendía cada vez más sobre el mundo con cada rebote de la pelota amarilla y soleada.

Sin embargo, el sueño aún no había terminado. Como todo el mundo sabe, los sueños viven para siempre. Y dentro de un sueño hay otro, y otro, y otro. Porque la vida es una sucesión de sueños, todos meciéndose juntos como las ramas de un árbol con la brisa.

Después de clase, los niños querían que Bluebell se quedara y todos le ofrecieron alojarse con ellos. Las hermanas Mary y Jane insistieron en que volviera con ellas a su casa. Al fin y al cabo, eran amigas desde el principio.

Bluebell se sintió tentada, pero al final rechazó educadamente todas las ofertas. Sabía que los niños tenían buenas intenciones, pero no quería que el mundo humano la etiquetara. Suponía que los adultos no serían tan abiertamente curiosos como los niños. Y Bluebell no era lo que el mundo podría querer que fuera. *Sería* ella misma, siempre.

Se despidió alegremente de los niños, especialmente de Mary y Jane, que le dijeron que la echarían mucho de menos. Todos le pidieron que volviera a visitar la clase. Querían que Bluebell les contara más historias de sus aventuras y lo que había aprendido sobre el mundo. Incluso la maestra estuvo de acuerdo en que le encantaría que Bluebell volviera.

Bluebell prometió que lo haría. Después de todo, era importante seguir animando a sus amigos y ayudarlos en su camino. Cada persona tiene sus propios descubrimientos que hacer y su camino por recorrer. Y Bluebell tenía el suyo. Con esto en mente, dejó la escuela con un corazón de campanilla lleno y feliz para continuar explorando.

Se despidió saludando con la mano mientras saltaba por la puerta de la escuela y volvía al camino. Al levantar la vista, vio el gran árbol del jardín de enfrente, donde poco antes se había sentado a picar nueces con Percy. Su amigo el pavo real ya no estaba en el árbol. Pero no importaba, porque estaba dentro de Bluebell y ya era parte de su propia historia.

Todas las historias tienen una historia dentro de otra. Las historias se hacen así, se van envolviendo unas sobre otras y fluyen como el río. No deben atarse como si fueran piedras pesadas. Deben ser libres, para retozar por el mundo como conejos correteando. Libres para ser parte del orden y el caos. Y libres de las etiquetas y los juicios de los demás. Las historias son los empujoncitos que nos ayudan a participar en el mundo y a centrarnos en lo esencial.

Las historias son lo que todos estamos creando para nosotros mismos, al igual que esta.

La historia de Bluebell también forma parte de tu historia.

Bluebell caminó suavemente sobre el suelo.

Estaba volviendo a casa.

Volver a casa le iba a llevar mucho tiempo. No porque estuviera lejos. No, el hogar siempre está muy cerca de nosotros, de todos nosotros.

Le iba a llevar mucho tiempo porque había muchas cosas que quería hacer de camino a casa.

Veréis, hay una casa y luego está el Hogar. Y a algunos les puede llevar mucho tiempo descubrir la diferencia. Sin embargo, vale la pena cada céntimo, como suele decirse. O quizá podríamos decir ahora que merece la pena cada campanilla.

Porque fue Bluebell, la campanilla, quien animó a todos los que conoció a encontrar su propio camino a casa. Y antes de encontrar el Hogar, hay un sueño milagroso en medio que hay que desentrañar.

Ojalá vivas muchas aventuras por el camino. Y recuerda: la diversión, la alegría, las lágrimas, el dolor, la felicidad y todas esas cosas ocurren en algún momento por todo el mundo. Cuando llueve, en otro lugar sale el sol.

Cuando te sientes mal, también existe un sentimiento de estar bien. Y cuando no hay izquierda ni derecha, ni arriba ni abajo, siempre está el interior.

Y está bien ser exactamente quién eres, porque eso es *serestar*.

Cada *serestar* es una pequeña flor azul con un sueño que levanta la cabeza desde dentro de tu corazón. Sigue a la pequeña Bluebell...

FIN